마스터 K 15

김광수 현대 판타지 장편 소설

초판 1쇄 찍은 날 § 2013년 10월 29일
초판 1쇄 펴낸 날 § 2013년 11월 4일

지은이 § 김광수
펴낸이 § 서경석

편집부장 § 권태완
편집책임 § 어정원

펴낸곳 § 도서출판 청어람
등록번호 § 제1081-1-89호
등록일자 § 1999. 5. 31
어람번호 § 제1-1699호

주소 § 경기도 부천시 원미구 심곡2동 163-2 서경B/D 3F (우) 420−822
전화 § 032-656-4452 팩스 § 032-656-4453
http://www.chungeoram.com
E-mail § chungeorambook@daum.net

마스터 K

15

김광수 현대 판타지 장편 소설

FUSION FANTASTIC STORY

CONTENTS

제1장
오성의 먹거리

"마음에 드는 놈으로 하나 골라봐."

'와아, 이게 다 책이야?'

유병철 회장은 저택 안으로 들어서자마자 나에게 자신을 따라오라고 했다.

그곳은 유병철 회장의 개인 서재였다.

저택에 머무는 동안 한 번도 들어가 본 적 없는 유 회장님의 전용 서재인 것이다.

한눈에 봐도 규모가 엄청 났다.

거의 40여 평 수준의 아파트 내 면적과 맞먹는 공간.

레드 브라운 계열의 큼지막한 통 원목 책상이 천장까지 닿아 있는 유리창을 등지고 놓여 있었다.

그 양옆으로는 역시 천장까지 닿아 있는 책상과 같은 계열의 책장들이 온 벽면을 병풍처럼 빼곡히 채웠다.

그리고 그 수많은 책장에 가득 꽂혀 있는 서적들.

수만 권은 족히 되어 보였다.

언뜻 보아도 희귀 양장본 서적에서부터 최신간 서적까지 눈에 들어왔다.

정치, 경제, 사회, 문화, 시, 소설 등등으로 완벽하게 분류되어 꽂혀 있는 책들.

웬만한 작은 도서관 저리 가라 하는 수준의 분량이었다.

또 커다란 책상을 중심으로 정면의 넓은 공간은 보기만 해도 편안할 것 같은 소파가 협탁을 가운데 두고 양쪽으로 놓여 있었다.

검은빛에 가까운 가죽 소파가 책에 별 관심이 없는 사람도 편안한 기분으로 책장을 넘기게 만들 것 같은 분위기다.

'부럽다.'

요즘 세상은 웬만한 정보들은 네이것을 통해 앉은 자리에서 수집할 수 있는 시대다.

눈으로 확인할 수 없는 웹상 정보의 바다에 헤아릴 수 없는 지식이 차고 넘친다.

그러나 아무리 그렇다 하더라도 유형화된 서적들이 전달하는 정보의 가치만큼 값어치가 있지는 않았다.

물론 모든 정보가 그렇다는 것은 아니다.

하지만 정형화되고 천편일률적으로 공식화되어 떠도는 정보들.

수많은 사람이 자신만이 취득한 정보인 양 말하고 있지만 모두가 공유하는 지식들.

그것은 단지 지식에 불과한 정보들일 뿐이다.

경험하고 체득한 온전히 내가 얻은 내 것이 아니다.

그러나 분명 실제 수많은 책들을 읽고 얻게 되는 지식은 자신의 삶과 직간접적으로 연결되면서 지혜를 싹틔운다.

그런 면에서 유병철 회장의 서재는 나에게 동경의 대상 그 자체의 공간이 아닐 수 없다.

편안히 나만의 공간에서 휴식을 취하며 여러 산 경험을 간접적으로 체득하는 공간.

여러 선인의 살아 있는 지식들을 다이렉트로 흡수할 수 있는 그런 곳이었다.

그런 점에서 저택 안 어느 곳보다 가장 탐나는 곳이었다.

나의 시선을 사로잡는 것들은 무수히 많은 서적.

하지만 유병철 회장의 시선이 가리키는 것은 책이 아니었다.

서재 한쪽 모서리에 골프백이 가지런히 세워져 있는 게 보였다.

무려 다섯 세트나 되었다.

실버 백부터 시작해 블랙, 레드에 이어 브라운이 두 세트.

척 봐도 돈 있다고 다 들고 다닐 수 있는 그런 물건이 아니었다.

오성그룹 총수 정도라면 물론 명품 골프 클럽을 사용하는 것은 당연할지도 모른다.

"저는 아무거나 괜찮습니다. 내일 하루 사용하는 데는 전혀 지장이 없습니다."

본래 고수는 연장 탓을 하지 않는 법.

어떤 것이든 손에 들면 무기가 되는 것이다.

나 역시 헤드 없는 클럽만 아니라면 전혀 문제가 되지 않았다.

"무슨 소린가! 내 자네에게 한 세트 선물할 생각이니 마음에 드는 놈으로 골라 들게."

"네? 서, 선물요?"

'저, 저 중에 하나를 선물로?'

제대로 된 명품 골프 클럽 세트를 하나 맞추려고 들면 수천은 가볍게 날아간다.

아무리 돈에 깔려 죽을 정도의 재벌이라고는 하지만 한 두 푼짜리가 아닌 이상에야 쉽게 할 말은 아니었다.

"이놈만 놓고 골라보게. 이것들로 말하면 시중에서 보기 드문 놈들이야."

유병철 회장은 실버 컬러의 골프백을 손으로 짚으며 말을 이었다.

"정말 대단한 물건들로 보입니다."

"그렇지. 여기 있는 것들은 각 업체에서 한정으로 내놓은 희귀 컬렉션이지. 나야 선물로 받은 것들이지만 사려고 하면 만만찮은 값을 치러야 할 거야. 원, 시간이 나야 필드에 나갈 텐데 워낙 시간이 없어서 여기 이렇게 쌓여만 있다네."

처음보다 좀 더 편하게 사적인 얘기들을 풀어놓는 유병철 회장.

"회장님께서 주시는 것이라면 감사히 받겠습니다."

언제 써도 쓸 물건들은 이런 기회가 왔을 때 기꺼이 받아 놓는 것도 현명한 선택.

이런 물건은 내가 어느 정도 성공 가로를 달리지 않는 한 손에 쥐기 힘든 물건들임은 분명했다.

이럴 때 거절하는 것은 멍청이들이나 하는 짓.

그렇지 않아도 골프채가 필요한 처지였다.

아메리카로 떠나기 전 골프채를 잡아보고 싶었다.

'어떤 놈이 좋을까. 나의 성총을 받기 원하는 놈은 어서 나오너라~'

내 입장에서는 다 마음에 들었다.

역시 명품 집안 태생들답게 귀태가 남달랐다.

3년 전 처음 사용했던 로케트사의 싸고 가벼웠던 세트 거죽과는 차원이 달랐다.

자체 발광으로 자신의 존재감을 확실하게 전달하고 있는 골프 클럽들.

유병철 회장님의 수중에 있다가는 몇 년 세월이 흘러도 서재 밖으로 세상 구경 나갈 일은 없어 보였다.

그런 사실을 스스로 아는 듯 나를 향해 갖은 교태를 뿌렸다.

'흐흐, 저놈이 안성맞춤이겠어!'

그중에 한 놈이 유난히 나의 눈을 사로잡았다.

블랙의 유려한 샤프트 컬러와 큼지막한 헤드를 빠끔히 내밀고 있는 클럽.

보란 듯이 고개를 쳐드는 드라이버에서 필이 강렬하게 느껴졌다.

척 봐도 단종 헤드 제품.

언뜻 봐서는 과거 내가 사용했던 로케트사의 제품과 유

사해 보였다.

무식하다는 소리를 들을 만한 슈퍼 파워 골퍼들이 간직한 골프채다.

"괜찮으시다면… 이걸로 하겠습니다."

"자네 파워 골프를 즐기는가? 허허허, 자네 나이 때는 충분히 그럴 수 있지."

유병철 회장은 내가 찍은 클럽이 보통 골퍼들이 애용하는 물건이 아님을 금세 알았다.

"그 녀석은 선물로 받긴 했어도 나와는 맞지 않았지. 그래서 한 번도 필드에 나가 사용해 본 적이 없는 물건일세. 게다가 퍼터도 일자형이라 내가 선호하는 물건도 아니야."

"아, 네."

'오~ 지조 있는 물건이었어. 나를 위해 여태 순결을 지켜온 것이로군. 흐흐.'

골라도 제대로 고른 듯했다.

사람이든 사물이든 인연이 되어야 서로 만날 수 있는 법이다.

왠지 기분이 좋았다.

대놓고 속물은 아니지만 남들이 사용했던 물건을 골라낸 것보다는 새 제품이 좋지 않겠는가.

손을 탄 것보다는 이제 처음으로 나의 손을 타는 것이다.

물론 개봉하지 않은 새 제품과는 약간의 차이가 있지만 아주 중고 취급을 받을 물건이 아닌 것만으로도 감사했다.

사람 마음이란 것이 세상에서 가장 간사하다고 하는 말을 내 스스로도 확인하고 있는 격이다.

모르면 몰랐지, 알고 나면 새것이 좋은 법.

"감사합니다. 제가 하는 일도 없이 폐만 끼치고 있는데… 이렇게 귀한 선물까지 주시니……."

나는 최대한 정중하게 예의를 갖추었다.

지금으로서는 나의 보호자 이상의 역할을 해주고 계시는 은인.

"왜 그런 생각을 하는가. 자네 덕분에 예린이가 제대로 어른이 돼가고 있어. 몰랐나? 하하하하."

"……!!"

"지난 이틀 동안 가족들이 오랜만에 화목한 시간을 가졌네. 예린이도 무척 행복해하던데. 게다가 내일 있을 골프 회동에도 함께해 준다고 하니 나야말로 고맙게 생각하고 있네."

모든 것은 생각하기 나름이라는 말이 있다.

유병철 회장의 말도 맞는 말이다.

그런 면에서 자신이 생각하는 대로 상황을 받아들인다는 말이 맞았다.

유병철 회장의 인품은 더욱더 넉넉하게 어필되고 있었
다.

"그렇게 봐주셔서 감사합니다."

나는 다시 한 번 고개를 숙여 보였다.

"하하하하, 고맙기는. 이틀 전에 자네가 준 약주 있지 않
은가. 아주 좋아~"

유병철 회장은 나를 향해 한쪽 눈을 찡긋해 보였다.

서로 알 만한 것은 알지 않느냐는 듯한 의미였고, 한편으
로는 어린 사람이 어떻게 그렇게 기특한 행동을 했느냐는
듯한 느낌이었다.

"자네 말대로 명약 같더군. 자네는 아직 모르겠지만 이
나이가 되면 몸이 말을 듣지 않을 때가 있네. 그런데 내 그
술 덕에 청춘을 되찾은 기분일세. 하하하하, 내가 자네에게
뭔들 못 해주겠나!"

당연히 그랬을 것이다.

양 도사가 하는 일 없이 그 천고의 보약을 혼자 독식하려
고 했던 것이니 얼마나 귀한 것이겠는가.

몰래 꿍쳐놓았던 뱀술이니 효과는 더 좋았을 것이다.

유병철 회장의 말대로 나는 아직 젊어, 늙어서 기력이 쇠
해 몸이 말을 듣지 않는다는 것을 경험하지는 못했다.

그러나 그것이 몸이 아플 때 느끼는 기력없음과 비슷하

지 않겠는가.

몇 차례 무리한 수련으로 기가 쇠하였을 때 양 도사가 입 안에 털어 넣어주었던 명약들로 기운을 차려본 경험이 있는 나다.

오색혈토가 묻혀 있던 자리에서 숙성한 산야초를 비롯한 뱀술은 웬만해서는 다 약성을 띠었다.

그렇다 보니 양 도사가 그토록 애지중지하며 보관해 두고 관리했을 것이다.

"약효를 보셨다니 다행입니다. 무리하지만(?) 않으신다면 일 년은 잔병치레 없이 지내실 수 있을 겁니다."

예부터 괜히 보약이니 명주이니 하는 말이 있는 것이 아니었다.

자연의 기가 농축되어 있는 것들.

양 도사가 갖고 있는 거의 모든 것들이 그런 종류의 물건들이다.

보통은 천지간의 자연기를 읽어내고 활용할 줄 아는 이들 중심으로 제조 가능한 물건들.

그들만이 제조할 수 있는 방법으로 세상에서는 이미 사라진 비법이었다.

"그래그래, 고맙네. 그렇지 않아도 요즘 이런저런 사건으로 골치가 아팠지 않겠나. 자네 덕에 스트레스가 확 풀린 것 같다네."

'하긴 요즘 더 시끌시끌하니 머리도 아프시겠지.'

예린이를 따라갔다가 듣게 된 서울대 이문석 교수의 강의.

짧았지만 나름 설전을 벌였던 세상의 위기에 관한 내용이 떠올랐다.

경제 불황이라는 것이 경기 흐름의 한 축임을 아는 경제인들에게 있어서는 대비와 다음 도약을 위한 시간.

그러나 전혀 경제 상황에 대해 아는 바가 없는 일반인들은 불시에 당하는 날벼락 같을 것이다.

"많이… 어렵습니까?"

나는 조용히 많은 의미를 함축적으로 담은 질문을 했다.

"어렵냐고……. 차라리 그 정도 수준의 답을 할 수 있다면 좋겠군."

유병철 회장의 얼굴이 살짝 굳는 것이 보였다.

"나는 공포를 느낀다네. 아직 한창 미래에 대한 원대한 꿈을 꾸고 있을 자네같이 어린 친구들에게 할 말은 아니네만, 내 솔직한 심정에 이 나라가 앞으로 어떻게 흘러갈지 걱정일세. 휴우~"

말끝을 흐리며 긴 한숨을 내쉬는 유병철 회장.

"언론을 통해 듣기로는 오성그룹은 이번 연도에도 대규

모 흑자를 냈다고… 그게 아닌 겁니까?"

결국 언론을 통해 내보내는 정보가 모두 사실이 아니란 것쯤은 나도 알고 있었다.

그러나 흘러나오는 정보들에서 크게 벗어나지 않는다는 사실.

세계 경제의 커다란 흐름이 방향을 잃고 좌초 위기에 처해 있다는 것은 웬만큼 깨인 사람들은 이미 접수한 사실이다.

그러나 유병철 회장의 눈에 나는 아직 어린 사람일 뿐.

굳이 세상 돌아가는 판에 관해 아는 체를 하지는 않았다.

"물론 겉으로야 아주 호황이지. 상반기 순이익이 10조에 가까우니 말일세. 하지만 흐름은 계속 이어져야 하고 곡선이 하향돼서는 안 되고 그 선을 유지할 수는 있어야 하네. 올 하반기, 그리고 내년 이후의 성장을 생각하지 않을 수 없으니, 잠이 오질 않아."

"차세대 먹거리를 말씀하시는 겁니까?"

유병철 회장은 손으로 골프 세트를 이리저리 만지다 나를 한 번 쳐다보았다.

"전자나 중공업 분야는 이미 중국에 추월당했다고 볼 수 있지. 아직은 버티고 있지만 거의 숨통을 조이고 있다고 봐야지. 개인이나 기업이 아닌 국가 차원에서 상상을 초월할 만한 혜택과 지원을 아끼지 않고 퍼붓고 있어서 당할 재간이 없다 이거야. 아무리 새어나갈 구멍을 막는다고 해도 기술이 빠져나가는 것을 막는 데도 한계가 있거든. 과거 일본의 선진 기술자들을 영입해 고급 정보를 재흡수했던 대한민국의 방식을 지금은 중국이 그대로 답습하고 있다고 해야 할까."

"…아, 네."

이런 걸 두고 업이라고 말할 수도 있겠다는 생각이 들었다.

유병철 회장의 말대로 과거 대한민국이 성장하기 위해 선택했던 방식을 이번 세대에는 중국이 선택한 것뿐이다.

"우리나라의 IT 쪽 미래가 그렇게 엉망입니까?"

"아니지. 대한민국은 뛰어난 인재들이 많네. 그러나 문제는 중국이 이미 어떻게 해볼 수 없을 만큼 성장한 대국이 되었다는 걸세. 중국을 상대로 장사하려면 중국 본토에 공장을 내야 하고 그렇게 되면 특허도 신청해야 하지. 그러다 보면 자연스럽게 고급 기술들이 중국 내로 들어갈 수밖에 없고 말이야. 여타 선진국들과 달리 중국은 정경유착의 뿌리와도 같은 나라지. 아주 대놓고 기술력을 빨아들이니 답이 없어!"

고개를 끄덕이며 최대한 유병철 회장의 말에 집중했다.

저벅저벅.

유 회장은 몸을 돌려 자신의 책상 쪽으로 걸음을 옮겼다.

현관에서 겉옷만 윤라희 여사에게 넘기고 그대로 서재로 들어온 유병철 회장.

사뭇 회사에서 유병철 회장의 모습이 이렇지 않을까 하는 생각이 들었다.

"전자나 IT 말고 다른 쪽으로 승부를 볼 만한 게 없는 겁니까?"

물론 내가 유병철 회장과 이런 대화를 한다고 해서 바뀌는 것은 없을 것이다.

그러나 나는 주제넘게 계속해서 유병철 회장의 얘기가 듣고 싶어 질문을 했다.

나의 짧은 생각일지는 모르지만 유 회장과 같은 경제인 한 사람이 내리는 올바른 판단과 결정이 몇만 명 국민의 삶을 좌지우지할 수도 있는 문제.

더 나아가 한 나라의 부흥을 주도할 수도 있는 문제라고 생각했다.

그만큼 오성그룹이 대한민국의 핵심 기업으로서의 역할을 하고 있다고 믿고 싶었다.

"전자나 IT 쪽은 포화 상태고 이번처럼 오렌지사의 특허권 시비 같은 예상 밖의 공격을 받게 되기도 하네. 모든 면에서 선두가 되지 못하면 살아남기 힘든 시대지. 그만큼 인재들을 필요로 하지만 부족해. 경제에 있어 아무것도 모르는 정치인들 때문에 나라까지 개판이 되고 있어."

유병철 회장의 표정을 보니 국내 정치인들에게 불만이 많은 듯했다.

아무래도 정치와 경제는 떼어놓고 볼 수 없는 관계임은 분명해 보였다.

"국가의 미래는 안중에도 없어. 온갖 미끼로 국민들을 현혹해 자리를 차지하지만 결국 정치 자금과 권력 싸움에만 몰두하거든. 대한민국에서 한 기업을 경영하는 일이 더 힘들어지고 있네. 사실 정치 자금을 내놓지 않으면 세무조사 압력이 뒤를 노리는 건 대한민국에서 경영을 하는 경영인이면 한 번은 경험이 있을 정도니 말일세. 여야를 막론하고 미국의 정치판처럼 그놈이 그놈이 돼버린 지 꽤 됐지."

나는 유병철 회장이 무슨 말을 하고 있는지 이해할 수 있었다.

거의 분노에 가까운 유 회장의 눈빛에서 이미 서울대 이문석 교수가 우려하던 바와 같은 느낌을 받았다.

처음 가볍게 시작한 유병철 회장의 말은 서재를 거친 기운으로 가득 채웠다.

"지금은 돌아가셨지만 연대그룹 정 회장이 시도했던 일

이 있었네. 정치자금으로 돈을 내주느니 차라리 그 돈으로 대선에 출마해 이 나라를 한판 뒤집어 보려고 했는데 안 됐지. 뿌리 깊은 친일 세력의 장벽에 부딪혔다고 봐야 할까. 나라의 암세포 같은 여론이 쥐새끼들처럼 움직여 정 회장이 의도한 바를 박살 냈지 아마. 선거가 끝나고 연대그룹은 공중분해될 뻔했지만 전반적인 사실에 관해서는 정작 국민들은 관심이 없었다네. 그때는 머리에 아무것도 든 것 없이 대통령이 된 김일삼 시절이었지."

IMF를 불러온 김일삼 대통령을 두고 분노의 화살을 날리는 유병철 회장.

유병철 회장 역시 기득권 세력들에 속하는 인물임은 분명하다.

그러나 생각하는 바가 달랐다.

잔돈푼에 나라의 자산을 헐값으로 팔아먹는 기회주의자들과는 분명 배포가 달랐다.

"제가 알고 있기로는 오성그룹에서 키운 장학생들이 정재계에 퍼져 힘을 발휘한다고……. 그게 아닙니까?"

"하하하, 그런 것도 알고 있나. 그래, 키웠지! 나도 살아야 하지 않겠나. 더러워도 똥물에 발을 담그지 않고 갈 수 있는 방법은 대한민국에는 전무하다시피 하지. 고작 몇 년 정치 해먹겠다고 눈에 불을 켜고 달려드는 승냥이 떼처럼 돈을 뜯어먹기 위해 달려드는데… 안 내놓을 수가 없지. 받아먹고 입이나 다무는 줄 아나. 꼭 일은 터지게 돼 있고 뒤에는 청문회를 연다고 나서서 호들갑을 떠니…….”

그간 대한민국에서 오성그룹을 경영해 오면서 겪었던 일들이 바로 어제의 일인 듯 심기가 불편해 보이기까지 했다.

최고 경영자의 자리를 오랜 시간 지켜낸다는 것이 언뜻 쉽지만은 않았겠구나 하는 짧은 생각이 스쳤다.

“일제시대, 일본에 붙어 목숨을 부지한 자들과 무엇이 다르겠나. 쯧쯧, 그런 자들이 정치를 하니 나라 꼴이 말이 아닐 수밖에. 한 개인의 가정이나 기업, 국가가 전혀 다르지 않네. 경영을 한다는 것은 그런 것이지. 일정한 수입의 수준을 정확하게 파악하고 지출을 하든 저축을 하든 하는 게 상식인데… 표 몇 더 얻겠다고 닥치는 대로 자산 없는 복지를 내세우니 나라 곳간이 텅텅 빌 수밖에. 얼마 전 퇴임한 그 양반은 제대로 해먹었지. 그 양반 연대그룹 건설사 사장으로 있을 당시 무식하게 일을 벌이고 개인 재산을 축적하느라 회사 말아먹던 버릇, 나라님 돼서도 못 버리더군.”

하긴 아무리 한 나라를 주도하는 대표 기업이라 해도 국민의 표를 등에 업은 정치인을 상대하기란 힘들 것이다.

민심은 천심이라는 말이 그냥 있는 말은 아닐 ‘테니까 말이다.

그런 면에서 경제인으로서 국민의 신뢰를 얻는 것보다 몇 년 자리에 앉지는 않지만 국민의 전폭적인 지지를 얻어 국민의 대표가 되는 정치인의 신분은 최고 권력의 자리가 될 수밖에 없는 현실이다.

"아무리 전 국민이 뭐라 한다 해도 그 양반 전임 때 대통령 시절에는 이렇게 무식하게 경제인들을 몰아붙이지 않았어. 정치판도 그랬지. 최소한의 양심과 이치에 따라 돌아갔네. 그때 국민들은 못 참더군. 간신배 같은 정치인들 수준만큼이나 국민들 수준도 저급이었지. 그 틈을 노려 부동산 투기를 하고 경제가 엉망이 됐다고 솥단지를 던지고… 쯧쯧. 내 장담하건대… 당시 시위하던 자영업자들 대부분이 지금까지 사업을 하고 있지는 않을 걸세."

평생을 정치인들과 거래를 하며 오성그룹을 경영해 왔을 유병철 회장.

지금 내 눈에 비친 유병철 회장의 모습은 지쳐 보일 정도였다.

당사자는 아니지만 얘기를 듣고 있는 나로서도 상상하기 어려운 무게감이 느껴졌다.

하물며 오성그룹에 적을 두고 살고 있는 노동자 수만 해도 헤아릴 수 없을 만큼의 인원이지 않은가.

한 가정도 경영이라고 말하는 유병철 회장의 말에 힘이

실릴 수밖에 없는 것도 이해가 되었다.

그런 거대 기업을 경영해 온 기업인의 눈이니만큼 현실을 바라보는 시선은 그 어떤 누구의 눈보다 정확할 것이다.

"나는 현 정부도 기대하지 않네. 자네 같은 젊은 친구들에게는 안타까운 이야기가 되겠지만 스스로 선택한 한 표가 아니라면 떨어질 콩고물 같은 것은 기대하지 않는 것이 좋아. 솔직한 말로 나 같은 노인네들 표를 더 반기는 게 정치인들이지. 그런 자들을 믿지 말아야 하네. 이런 말 들어봤겠지? 왜, 무덤에서 요람까지 국가가 책임진다는. 대단한 슬로건을 내걸었던 유럽 강국들의 실업률이 30프로를 넘어 국가 부도 위기를 맞고 있다네. 왜 언론들은 이런 사건들에는 입을 닫는지 모르겠더군. 사실을 그대로 말해주자면 세계 경기는 최악의 위기를 맞고 있네."

나도 물론 이미 들어서 알고 있는 이야기다.

앞서 이문석 교수와의 열띤 토론으로 재차 확인한 사실이기도 하고 말이다.

그러나 현장에서 경영을 하고 있는 유병철 회장으로부터 듣는 세계 경제 위기에 관한 내용은 실재 피부에 와 닿는 듯했다.

국내 굴지의 대기업인 오성그룹을 경영하는 유병철 회장의 입에서 흘러나온 말이다.

그것도 세계 경제 위기가 최악의 수준이라는 말.

"국민이 재산인데… 그 사실을 몰라. 내 조부 때부터 우리 집안은 기업을 경영하되 다른 기업인들보다 더 많은 돈을 주고 인력을 썼네. 같이 먹고사는 이들이 편안해야 회사 경영에 안정을 도모할 수 있고 경쟁력이 늘지. 나아가 국력까지 탄탄해진다는 사실을 잘 알고 있었지. 하지만 그것은 한 경제인이 이끌어낼 수 있는 한계를 만들어냈네."

회안에 잠긴 유병철 회장의 눈빛.

젊어서부터 지금의 나이가 되는 순간까지 단 한 번 경영 일선에서 물러서 본 적 없는 노장의 모습이 엿보였다.

"정권이 바뀔 때마다 들들 볶아대는 것을 견디는 게 관건이 되고 말았지. 멍청하게 금융시장을 개방해 한 방에 나라 창고를 거덜 내는 걸 무슨 자랑거리처럼 했으니까 말일세. 사실 지금에 와서는 다 내려놓고 낚시나 다니며 여생을 보내고 싶은 마음이 굴뚝같네. 하지만 똑똑하지 못한 아들놈을 둔 덕인지… 아직도 가르칠 게 많으니 원……. 답답한 노릇이지."

할 말이 꽤 많은 듯한 유병철 회장.

딱 들어봐도 그간 쌓인 게 한두 가지가 아니었다.

"어떤가! 젊은 친구들 생각은. 열심히 뼈 빠지게 경쟁국들과 싸워 외화를 벌어들이고… 피 같은 세금 꼬박꼬박 내

줬네. 그런 세금을 미래를 위한 성장 동력에 투자하기는커녕 몇십조씩 싸잡아 들여 강바닥이나 판다는 게 말이 된다고 생각하나."

유병철 회장은 나의 생각을 듣고 싶은 듯했다.

정면으로 나의 눈을 응시하며 말을 잇는 유병철 회장.

"그것도 먹고살 만한 자들에게 선심 쓰듯 퍼주면 도대체 후손들은 뭘 먹고살 수 있겠나. 그마저도 거둬들인 세금 안에서 해결하는 것도 아니고 여기저기 빚내서 잔치를 하고 있는 꼴이니……."

"회장님, 오성건설도 강바닥을 파지 않았습니까?"

나는 좀 센 질문을 했다.

내가 알고 있는 내용으로는 오성그룹 또한 정권이 바뀔 때마다 그 어떤 기업보다 나은 혜택을 받아온 것으로 알고 있다.

굳이 돌려서 물어보고 싶지는 않았다.

"물론 팠네. 안 팔 수 없었지. 세무조사를 맞든지 강바닥을 파든지 선택해야 했으니까 말일세."

"……."

"여윳돈 두둑이 만들어서 바치라고 하는데 어쩔 수 없는 노릇이지. 밤 쥐가 곳간에 들어가 양식을 얼마나 축냈는지… 주인이 알 게 뭔가. 서울 쥐 시골 쥐 할 것 없이 떼로 몰려와 몇 날 밤을 헤쳐 먹었는지 주인은 알 길이 없지. 곳 간지기도 쥐새끼니 말일세. 그 돈이 아마 수십조는 족히 될 걸세."

'헛! 도대체 얼마라는 말이야. 많이도 드셨네, 그놈의 쥐.'

"그러나 나는 그 양반을 원망하지는 않아. 물론 자네도 그 쥐를 탓해서는 안 되네. 이상하지 않은가? 내가 이렇게 말하는 것이!"

"아, 네. 잘 이해가 되지 않습니다."

나는 유병철 회장이 지금 나에게 하고 싶은 말이 무슨 말인지 잘 잡히지 않았다.

"모르겠나. 세계적 경기 불황에도 전혀 아랑곳하지 않고 말도 안 되는 경제 성장을 내세워 공약을 내놓은 자들에게 표를 준 자신들을 탓해야 한다는 말일세."

"아!"

"자신들의 선택과 판단에 책임을 져야 한다는 것일세. 인 구 감소로 인해 경제 성장에 한계가 왔네. 그런 상황에서 지나친 복지 예산 낭비로 국가 재정이 엉망이 된 예가 바로 유럽과 미국의 경제 상태지. 그러나 우리 국민들은 아직도 아메리카 드림을 꿈꾸고 있네. 상황이 어떻게 변했는지는 전혀 감을 잡지 못하지. 우매하기 이를 데 없는 자들이 바로 대중인 탓이야. 본래 큰 도둑을 만드는 것은 작은 욕망에 눈이 먼 국민들이니까 말일세."

나는 유병철 회장이 처음 입을 열 때만 해도 정치인들을 향한 분노인 줄만 알았다.

그러나 지금 하는 말을 들으면서 사실은 그게 아니라는 것을 느꼈다.

우매한 대중에 대한 분노가 더 강하게 다가왔다.

국민들에게 쌓인 것이 더 많다.

"일반 국민들이 뭘 알겠습니까. 모르기 때문에 국민들을 대표할 정치인들을 뽑는 것 아니겠습니까. 물론 대통령이 되겠다고 혹은 국민을 대표하는 국회의원이 되겠다고 나서는 사람들이 거짓으로 무장했을 거라고 어떻게 생각할 수 있겠습니까. 그걸 알았다면 그런 사람들에게 표를 주지는 않았을 겁니다."

나의 솔직한 의견이었다.

물론 나는 아직 대한민국을 대표하는 사람에게 투표를 한 번도 해본 경험이 없었다.

"아니, 모르는 소리. 알고도 표를 준다네. 욕망, 그것에 눈이 멀게 되면 도덕성이나 청렴 따위보다 자신들의 돈을 누가 더 불려줄 수 있겠는가에만 관심을 두게 되거든. 왜 그런 것 같나?"

나는 조용히 고개를 좌우로 흔들었다.

그런 것까지는 생각해 보지 않았다.

"세상의 모든 것은 유한하네. 부 역시 한정되어 있지. 그 것을 더 가지려 하는 순간 사단이 나는 걸세. 노력한 것 이 상의 불로소득을 얻게 되는 것이 재앙을 불러온다는 사실 을 모르거든."

보유한 재산을 돈으로 환산하면 조 단위를 넘어설 유병 철 회장이 자신의 입으로 이런 말을 하고 있는 것이 이상하 게 들렸다.

하지만 틀린 말은 아니었다.

물론 유병철 회장이 말하는 부의 개념과 보통 사람들이 돈에 관해 갖는 개념은 전혀 다를 것이다.

"…앞으로 많이 힘들어지겠네요."

탁탁.

그때 유병철 회장이 손바닥으로 책상을 두 번 내려쳤다.

"보이나? 여기 이게 바로 보고서네. 자네가 말하는 보통 사람들은 이걸 보면 답답해서 잠도 못 잘 걸세."

그러고 보니 책상 위에 수북이 쌓여 있는 서류 뭉치들이 보였다.

"혹시 달러 패권 시대의 종말을 두고 하시는 말씀이십니 까?"

나는 최종적인 결말을 먼저 말했다.

결국 유병철 회장이 지금껏 말한 것들의 끝은 내가 내린 결론에 도달할 게 빤했다.

"알고 있군."

유병철 회장은 기대하지 않았던 대답을 들은 듯한 표정으로 나를 바라보았다.

"어느 정도는요."

"말귀를 잘 알아듣는군. 내 자네 같은 인재만 있어도 이렇게 답답하지는 않을 걸세. 어디서 말도 못할 얘기지. 자칫 위기가 직면해 있다는 말이라도 했다가는 여론의 뭇매를 맞을 게 뻔하거든. 세상 어지럽힌다고 말일세. 하하하. 그게 아니면 명분이 좋으니 세무조사 정도 당할 수도 있을 것이고 말일세."

'돈이 아무리 많아도… 결국 권력 앞에서는 고개를 숙여야 한다는 말인가.'

물론 돈이 정치인을 만들기도 할 것이다.

그러나 막상 순위를 따지면 권력이 돈보다 우위를 선점하는 것은 확실했다.

"오성그룹은 차세대 먹거리로 준비하는 게 있다고 들은 것 같은데요……."

이미 오성그룹은 오래 전부터 차세대 먹거리로 대체에너

지분야와 생명과학분야를 중점 육성하고 있었다.

구체적으로 그것은 태양광과 풍력, 조력 등.

그리고 줄기세포나 신약과 같은 분야로 눈을 돌리고 있었다는 말이다.

"오성에 아주 관심이 많군."

"저 또한 대한민국 국민이니까요. 그 결과물이 나왔나요?"

"하하하, 그런 식의 관심이라면 고맙네. 자네 같은 사고를 하는 몇몇의 청년 덕에 오성과 국가가 더 나은 발전을 거듭할 수 있는 게야."

양 도사는 늘 사람이 입만 잘 간수해도 사는 데 손해 보는 일은 적다고 했다.

모든 면에서 나를 설악산에 가둬두고자 하는 말이라고 생각해 왔다.

하지만 그것만은 아니었던 것 같다.

한마디 말로서도 천 냥 빚을 갚을 수 있다는 말.

지금 유병철 회장이 나에게 보내는 시선에는 신뢰가 담겨 있었다.

"자네가 말한 분야 말고도 오성은 우주항공분야에도 야심찬 의지를 보여왔네. 하지만… 모든 게 다 뜻대로 되지 않고 있어."

유병철 회장은 커다란 창 쪽으로 몸을 돌렸다.

등을 돌린 채 입을 여는 유 회장.

"지금 같은 시절이야말로 국가에서 힘을 보태줘야 할 판인데 재를 뿌리고 있어. 여타 강국에서는 국가선도 사업을 추진해 우선 지원과 세재 혜택 등을 내세워 기업을 밀어주고 있건만… 이놈의 나라는 경제인들을 봉으로 알아. 털면 먼지 안 나오지 않는다 이거지. 구더기 무서워서 장 담그기를 포기할 판이야."

'이래저래 안팎으로 정치인들이 문제라는 말이군.'

하긴 요즘 세상은 똥물도 제 처지에 정치인들이 발 담그는 것은 거부한다는 우스갯소리가 있을 정도니 말 다한 것이리라.

예나 지금이나 정치판이란 곳에 발을 들이고는 좋은 소리 못 듣는'것은 여전한 것 같았다.

거의 모든 면에서 도마 위에 올라가 난도질을 당하는 추세다.

하나같이 욕 처먹는 데 일선을 차지하고 자신들의 사리사욕을 채우는 데만 급급하다는 말이다.

그러고 보면 세상이 그나마 유지되고 있는 것은 건실하게 살아가고 있는 숨은 사람들의 덕이 아닐 수 없다.

작은 나라임에도 불구하고 개 떼처럼 나라를 팔아먹으려

드는 자들.

제대로 된 수장 한 명만 나와도 이 나라는 대단한 빛을 발할 것이다.

전문가들의 입을 통해서 솔솔 흘러나오고 있는 세계 경제 위기에 직면해 있는 이 시대.

현실이 어떻게 흘러가는지도 모르는 채 정치인들의 그럴싸한 말에 현혹이 되어 빚더미에 올라앉고 있는 국민들.

무지한 대중들의 힘을 하나로 모아 살 만한 미래를 만들어보자고 선동할 수 있는 정치인.

유병철 회장의 말을 듣다 보니 그런 사람 한 명만 제발 나왔으면 하는 마음이 더욱 간절해졌다.

그래야 유 회장이 말하는 그 콩고물이 나에게도 떨어질 것이 아닌가.

세상은 혼자 살 수 없는 곳.

결국 모든 사람이 어떤 형태로든 연대해서 살아가야 하는 구조다.

"강 군도 알겠지만 오성은 부친 때부터 오로지 전자와 IT 투자로 오늘날의 성과를 이룬 기업이네. 거의 모든 것을 올인해 얻은 반도체 분야의 성공이 스마트폰 시대를 열었고 세계 가전제품의 선두에 설 수 있게 된 것이지. 왜 다른 것보다 그 사실이 나에게 의미 있는 줄 아나. 그것은 미국과 유럽, 일본 기업들을 제치고 얻은 쾌거이기 때문일세."

유병철 회장은 다시 책상을 마주하고 돌아섰다.

그리고 팔짱을 낀 채 나를 보았다.

"하지만 문제는… 3세대 먹거리를 지금 중국이 아주 끝장을 내고 있어. 나 역시 미래 오성의 경쟁력을 어떻게 구축해야 할지 난감할 정도로 말일세. 대단한 내수시장과 품질 향상, 국가 차원의 지원으로 중국 내 백색 가전 회사와 전자 기업들이 비약적으로 발전하고 있지. 조선이나 자동차 산업도 마찬가지고… 내가 보기에는 멀지 않았어. 길게 봐도 10년 안에 세계 1위는 모두 중국 기업들이 차지하게 될 것일세."

유병철 회장의 말이 나에게 절망으로 다가왔지만 거부할 수 없는 현실임에는 분명했다.

몇 세대를 거쳐 기업을 운영해 온 오성그룹의 총수.

그의 예측은 정확할 것이다.

"물론 그것이 오래가지는 않겠지. 그러나 때라는 것을 잡고 놓치는 것이 엄청난 파장을 가져온다는 것은 당연한 이치. 인구저하와 비싸지는 노동력으로 여러 국가가 밟아온 전철을 밟겠지. 그러나 중요한 것은 우리 세대를 걱정하는 것이 아니라는 말일세. 대한민국 미래 세대에게 열어주어야 할 시장을 중국이 다 차지할 것이라는 말이지."

"……."

유병철 회장은 오성그룹의 미래를 걱정하는 것을 넘어 나와 같은 청년들의 미래를 염두에 두고 있었다.

나와 같은 세대가 향후 몇 년 후에 생산적인 인력이 되어야 함은 당연하다.

그러나 아무리 뛰어난 인재라 해도 여건이 받쳐주지 않게 되면 소용가치가 떨어질 수밖에 없는 것.

그렇지 않아도 좁아지는 시장에서 대한민국의 청년들이 뛰어들 자리는 더 없어진다는 말이었다.

"다만 세계적으로 투기를 하는 금융투기꾼들이 끼어들어 수작을 부리지 않는다면… 내 말이 맞을 걸세."

역시 대기업을 경영하는 총수다운 면모가 아닐 수 없다.

"안타깝게 타이밍을 놓쳤어. 태양광 사업만 해도 그렇지. 강바닥만 파지 않고 약간의 지원 정책만 열어줬어도 덤벼볼 만했어. 당시 중국 정부는 엄청난 지원을 기업들에 쏟아부었고 불과 얼마 되지 않는 시간 동안 몇 년을 투자해야 할 기술력이 역전당하고 말았으니… 말 다했지. 내수시장에서 지원받지 못하는 기업이 살아남을 수 있는 방법은 많지 않다는 거야. 답답할 노릇이 이보다 더한 게 있을 수 있겠나. 분명 눈앞에 있는 것이 황금알을 낳는 거위라는 것을 알면서도 입맛만 다시고 있는 기업인들의 속내를 어찌 일반 국민들이 상상할 수 있겠나."

"아직은 스마트 워치 같은 IT 제품도 남아 있지 않습니까?"

아무래도 오늘은 유병철 회장의 속내를 끄집어내야 하는 임무를 띤 듯했다.

거의 모든 질문이 나에게서 나가고 있는 상황.

사실 나 역시 궁금했던 내용들이기도 했다.

경영 일선에서 평생을 보낸 유병철 회장.

이런 기회를 얻는 것도 평생에 한 번 있을까 한 일인 만큼 나는 궁금한 것들에 관해 마음껏 질문을 했다.

"스마트 워치? 하하하, 진행이야 되고 있네. 하지만… 이미 눈치를 챈 몇몇 업체가 특허를 남발하고 포석을 깔고 있어. 모르긴 몰라도 상용화되는 그날 대단한 특허 공세가 시작될 걸세. 오렌지사의 말도 안 되는 스마트폰 외형 특허 같은 일들이 말이야."

약소국이 겪을 수밖에 없는 불합리함.

게다가 힘없는 나라에서 기업을 경영하는 경제인들의 한 같은 것이 느껴졌다.

유병철 회장의 말대로 오렌지사의 외형 특허 문제는 나역시 어이없다고 생각했던 바다.

미국 내 법에서 힘을 발휘하는 배심원제가 보여준 피해

사례가 아닐 수 없다.

나로서도 납득이 가지 않던 대목이었다.

이미 과거부터 정형화되고 일반화돼 사용화한 스마트폰의 외형.

미국 정부가 전반적으로 경제적 난관에 봉착해 있다는 증거였다.

국가 경영이 어려워지는 만큼 미국 역시 국수주의로 강하게 방향을 선회하는 것.

그것을 합리화시키고자 그럴싸한 명분을 내세우고 있지만 그것은 누가 봐도 자신들의 문제를 세계 경제 시장에서 함께 짊어지게 하려는 의도로밖에 해석되지 않았다.

"그럼 오성그룹은 물론 대한민국 내 다른 기업들도 차세대 먹거리에 대한 대안이 없는 겁니까?"

경제 포럼에서나 오갈 만한 질문을 하고 있는 나.

그러나 분명 겉으로 드러나 있지는 않지만 대한민국의 경제 흐름을 주도하는 기업들에 문제가 발생하고 있는 것만은 분명했다.

재계 1위를 차지하고 있는 오성그룹 대표인 유병철 회장의 의견이 이런데 여타 기업들은 말할 필요도 없다는 말이 된다.

"다들… 배가 너무 불렀어. 근대사회에 들어오면서 세계적 활황과 환율 조작 등으로 어렵지 않게 살아왔다고 해야 할까. 땅 짚고 헤엄치는 격이었지. 그러다 보니 자생력은 점점 상실하게 됐고 거의 온실 속 화초처럼 기업은 국가를 울타리로, 노동자들은 기업을 울타리로 마음껏 판치며 살아온 거지. 이제는 사주나 노조, 기업이나 국가가 서로 못 잡아먹어서 안달이 났어. 울타리가 좁다고 느낀 것일세. 그것을 넓히려면 앞으로 직접 헤엄쳐 나아가야 할 것이야. 그 길이 첩첩산중으로 앞길을 막고 있다는 것이 문제지만 말일세."

"적당한 질문인지는 모르겠지만… 오성그룹은 노조를 인정하지 않잖습니까. 그렇다면 그 부분에서 오성그룹은 다른 기업들보다 더 자유롭지 않겠습니까?"

사실 밖으로 떠도는 온갖 정보들 속에서 무엇이 진실인지 구별해 내는 것은 생각보다 어려웠다.

그런 점에서 오성그룹과 노사 관계에 관한 것도 한몫했다.

여러 가지 이야기들이 넘쳐났지만 유병철 회장 입장에서는 내가 대답하기 꺼려지는 부분을 건드리고 있었다.

"노조가 있긴 하지. 그러나 그들의 활동 자체는 여러 경로로 막고 있긴 하네. 인정하지. 하지만 선친 때부터 고수해 온 경영 방침이기도 하네."

유병철 회장은 책상 의자를 당겨 자리에 앉았다.

그리고 앞에 놓인 서류 뭉치들을 이리저리 만졌다.

"자네도 알고 있겠지? 신문에도 났지. 한때 미국 내에서 제조의 심장부라고 불렸던 디트로이트시가 파산을 선언했지. 강성노조와 언제까지 잘나갈 줄로만 알고 방만 경영을 하던 자동차 회사들의 합작품이었네."

"……."

"자신들의 이익 앞에서 후손과 동료들의 미래 따위는 중요하지 않았지. 그것이 강성 노동자들과 그런 자들에게 이용당하고 스스로 멸종의 위기를 자처한 거대 공룡의 종말이라고 말할 수 있네."

'강성노조…….'

한때 신문의 전면을 장식하고 각종 언론을 떠들썩하게 했던 데모 내용들.

남의 나라 얘기가 아니었다.

우리나라 역시 엄청난 발전 속도를 보이며 성장해 왔다.

산업 발전을 꾀하다 보면 고용주는 더 많은 수익을 내기 위해 주력하게 된다.

더불어 노동자는 일한 대가를 받아내기 위해 사측과 부딪혀야 하고 그사이 대립은 어쩌면 당연한 사회 현상이다.

하지만 꼭짓점을 찍은 산업 발전은 생존이 아닌 귀족 노조를 탄생시켰다.

그것은 고용주에게도 노조 자체에도 악영향을 미쳤다.

생산성은 떨어지고 덜 일하고 대가는 그대로 받고 싶어지는 심리를 내비친 것이다.

이런 사회적 현상은 가난한 노조를 이용한 귀족 노조들의 선동에 의해 노사 양측에 부정적 결과를 낳게 했다.

이 같은 관계는 누가 봐도 발전적이지 않았다.

지금 현재 대한민국에서 벌어지는 사회 현상은 유병철 회장이 말한 미국의 디트로이트시의 단면을 그대로 답습하는 듯 보인다.

귀족 노조는 자신들의 이익을 위해 비정규직을 무시하고 사측에 서서 교묘하게 노동자들을 이용한다.

몇몇 대기업의 노동자들이 그 선두에 있다.

그러나 대부분의 노동자들은 사측보다는 같은 선에 있다고 믿는 귀족 노조의 손을 들어주게 마련.

기업도 귀족 노조도 반성해야 한다.

언제까지 자신들의 울타리가 돼주고 있는 기업은 안전할 거라고 생각한다면 귀족 노조 역시 오류를 범하고 있는 것이다.

국민들의 눈은 어느 순간 생각지도 못한 냉철한 눈빛으로 그들을 지켜보게 될 것이다.

"다른 건 몰라도 오성이 자랑할 수 있는 것은 직원들을 위한 최고의 복지를 지향한다는 것일세. 생산직에서부터 일반 사무직 사원들에게까지 능력에 맞는 대우를 하고 있지."

유병철 회장의 말은 맞았다.

대부분의 사람들이 1차 오성그룹을 타깃으로 사회생활을 시작하려고 했다.

유병철 회장은 의자를 뒤로 쭉 눕히며 천장을 한 번 올려다보다 다시 의자를 바로 해 앉았다.

"자네도 알걸세. 자동차나 조선과 달리 전자 쪽은 하루만 가동을 멈춰도 재가동하는 데 꽤 많은 시간이 소요되지. 불량률도 높아지고 더불어 손실액의 수치는 상상을 초월하네. 그룹은 그런 사실을 어느 누구보다 정확하게 알고 있기 때문에 사전에 그런 불상사를 막기 위해 최선을 다했지. 선친 때의 회사 방침이 다 옳은 것은 아니야. 나 역시 잘 알고 있지만 다수의 직원을 먹여 살리기 위해서 내린 최선의 선택이었어."

나는 그룹 총수가 안고 가야 할 문제들임에 동감이 갔다.

그러나 대놓고 동의할 수 있는 그런 문제는 아니었다.

나 역시 아직 사회 경험 부재인 한 사람.

노조와 기업 간의 문제들은 스스로가 합의하에 풀어내야

할 숙제일 듯했다.

어차피 노동자와 사측은 공생하면서도 투쟁해야 하는 입장들로, 영원히 한배를 타고 가되 같은 곳에서 내릴 수는 없는 존재들이었다.

각자가 품고 가는 이념이 다른 데다 욕망도 달라 결코 양쪽이 다 만족할 수는 없는 관계다.

말 그대로 입장이 달랐다.

그러니 각자의 입장에서 최선의 방법을 선택하고 합의하는 것이 양쪽이 모두 살아남을 수 있는 방법일 것이다.

"하하하, 내 오늘 어린 자네 앞에서 말이 많았네. 요즘 내가 스트레스를 받긴 받았지. 어디 풀 곳이 없었던 게지. 미안하네……."

정신을 집중해 자신의 말 한마디 한마디를 듣고 있던 나를 쳐다보던 유병철 회장.

퍼뜩 자신의 위치를 깨달은 듯 멋쩍은 웃음을 터뜨렸다.

아무리 대단한 기업을 경영한다 해도 신이 아닌 사람일 뿐.

3년 전 북경루 강남점에서 처음 대면했던 유병철 회장의 모습과는 사뭇 달라져 있는 게 사실이었다.

그때에 비하면 많이 지친 모습이다.

떠안은 숙제를 제때 풀지 못한 학생의 모습처럼 골치 아픈 일을 잔뜩 안고 있는 모습이다.

"차세대 먹거리에 대해 물었지? 솔직히 답이 안 보이네. 국가적으로도 이렇다 할 기초과학이 한참 부족한 상태야. 그래서 파생 발전시킬 상품성 있는 기술이 턱없이 부족한 형편이거든. 문제는 그뿐이 아닐세. 멍청하기 이를 데 없는 몇몇 대학 총장이 학원 경쟁력을 높인답시고 인문과학을 멸시하고 나서는 바람에 미래가 위태로울 지경이니 말 다 했지."

"그것이 차세대 먹거리와 관련이 있는 겁니까?"

"당연하지. 철학이나 문학은 인간의 상상력을 확장시키고 무한한 아이디어를 제공하거든. 그렇게 만들어낸 지식들은 실제로 형태를 갖추는데 기술자들을 비롯해 이공계 쪽 전문가들이 그제야 직접 서포터를 하는 거라네. 잘 이해가 되지 않겠지만 무에서 유를 창조해 내는 것은 철학과 인문학이야. 그런데 멍청하게 이공계 쪽만 집중 육성하겠다고 하니 아예 모든 발전 가능성을 내포한 뿌리를 아주 뽑아 버리겠다는 심산이 아니고 무엇이겠는가."

"……."

나 역시 할 말이 나오지 않았다.

언뜻 불필요할 것 같은 분야의 가치.

유병철 회장은 할 말이 적잖이 많은 듯했다.

서재에 들어와서부터 계속 열변을 토하며 경제 전반에 관한 얘기들을 풀어놓고 있었다.

물론 유병철 회장의 경영 마인드가 세계에서 인정받는 기업으로 성장시킨 전력을 갖고 있었지만 분명 한계는 있을 것이다.

내가 봐도 엉망진창으로 가고 있는 대한민국의 경제 상황이 유병철 회장 눈에는 얼마나 좋아 보이겠는가.

나뿐만 아니라 유병철 회장 일가가 살아왔고 앞으로도 살아가야 할 나라.

눈앞에 앉아 한숨을 내쉬는 유병철 회장의 모습에서 양 도사가 고심하던 모습이 겹쳐 보였다.

설악산에서 생활할 당시 입춘 무렵이 되면 매해 국운을 점친다고 되도 않게 진지해지곤 했던 양 도사.

전혀 세상 돌아가는 것에는 관심이 없다고 입으로는 말하면서 동지와 입춘 무렵이 되면 뭐 마려운 강아지처럼 안절부절못하곤 했다.

좋게 보면 국운을 점치며 나라의 앞날을 걱정하는 모습이었다.

그러나 내가 겪어온 양 도사의 진짜 속내는 올 한 해도 배를 두둑하게 채울 수 있을 것인가 하는 일신을 위한 점치기였다.

스케일은 달라도 국운을 걱정하며 한숨을 토하는 모습은 다를 바가 없었다.

"회장님, 주제넘을지는 모르겠지만 제 생각을 한번 말씀드려도 되겠습니까?"

"하하하, 그런 소리 말게. 그래그래, 젊은 친구의 말을 한번 들어보세."

처음 안면을 트고 지금까지 사적으로 자리를 함께한 적은 많지 않았다.

그러나 단 한 번도 나이가 어리다고 해서 나의 말을 대충 흘려듣지 않았던 유병철 회장.

어떤 사람이 무슨 말을 하더라도 귀담아 듣는 습관이 몸에 배인 듯했다.

눈빛에서 느껴지는 기운은 나의 말에 이미 귀를 기울이고 있다는 것이 전해졌다.

"농자천하지대본이라고 했습니다. 현 시대는 부유한 자들을 위해 거짓 풍요가 팽배해지고 있습니다. 이미 세계적 기상 이변과 과다한 농약, 비료 살포 등으로 토양은 오염이 된 상태에다 선진국에서는 먹다 남은 음식은 즉각 쓰레기통에 처박힙니다. 지구 반대편 빈민국에서는 음식 구경하기도 힘든데 말입니다."

나는 거창하게 말을 뱉기 시작했다.

"농자천하지대본이라……."

유병철 회장 역시 내가 무슨 말을 하려고 이렇게 거창한 발언부터 하는가 하는 눈빛을 보내왔다.

"21세기 하이테크놀로지 시대에 어울리지 않는 말이지요? 하지만 어려울 때일수록 근본에 충실하라는 성현들의 가르침이 있었습니다."

끄덕끄덕.

유병철 회장은 조용히 고개를 몇 번 끄덕여 보였다.

"전 그렇게 생각합니다. 대한민국이라는 나라는 미국과 달리 제조업을 내팽개치고 군사력과 자본을 이용해 금융 산업만으로 살아갈 수 없는 나라입니다. 제조업 중심에 더해 농업을 비롯한 먹거리 안정화 정책을 펴야 한다는 말이 되겠지요. 회장님께서도 아시다시피 세계 인구는 기형적인 형태에서 기하급수적으로 늘고 있습니다. 아무리 유전자 조작으로 식량 생산량을 늘린다 해도 부작용이 만만치 않게 될 겁니다."

나는 유병철 회장의 말을 듣는 동안 언젠가 양 도사가 말했던 새 시대의 생존 방법에 관한 얘기를 떠올렸다.

당시만 늙은 영감이 시대에 뒤떨어지는 사고로 나를 회유하고 설악산에 가둬두려 애쓰는 것이라고 취급했을 정도로 신뢰가 가지 않았던 내용이었다.

하지만 지금 경영 일선에 평생을 바쳐온 한 사람의 경영인이 양 도사가 걱정했던 것과 같은 것을 고민하고 있다.

그때 양 도사는 먹거리를 중시하는 정책으로 돌아가야 한다고 했다.

먹는 것에 연연하지 않고 살아갈 수 있는 시대는 이미 지나가고 먹는 것을 걱정해야 하는 시대가 도래한다는 것이다.

그렇다고 우리나라가 농업국가로 돌아가야 한다는 것은 아니다.

유병철 회장의 말과 양 도사의 말을 적절하게 배합해 이해해 보면 얼추 답이 나왔다.

그것은 제조업을 키워 나가는 동시에 반드시 식량 주권을 지켜내야 한다는 것이다.

그 대단했던 러시아 불곰도 미국의 식량 위협에 굴복하는 동시에 국가가 해체되지 않았던가.

아랍의 자스민 혁명 또한 결국 식량 때문에 벌어진 일이었다.

지난 과거의 먼 나라 이야기가 아니다.

이 시간 대한민국의 경제 흐름의 주력이라 할 만한 오성그룹의 총수와 나눈 얘기는 충분히 위협적이다.

곧 대한민국도 식량 문제로 위협을 당할 수밖에 없는 처지임이 짐작되고도 남는다.

머지않아 엄청난 위험에 봉착할 것이다.

양 도사는 천지운행을 짚어보며 장기간 세상에 비가 적게 오거나 비가 너무 와서 가뭄이 들 거라고 말한 적이 있었다.

당시 앞뒤가 맞지 않는 양 도사의 말을 귓등으로 들으며 혼자 생각했던 것이 있다.

가뭄은 비가 안 올 때나 드는 것이다.

지나가는 말로 왜 비 가뭄으로 기근이 드느냐고 물었다.

그때 양 도사는 멀쩡하게 맑은 하늘을 한 번 올려다보고 나를 째리며 입을 열었었다.

"이놈아, 그래서 네놈이 그것밖에 안 되는 것이야. 쯔쯔쯔. 비가 너무 자주 와도 작물의 뿌리가 녹아 수확할 것이 남아나지 않게 되니 이게 가뭄이 아니고 뭐겠느냐."

아직 양 도사가 말한 일들이 닥치지 않아서 확인할 수 있는 방법은 없다.

그러나 그때가 지금이라고 본다면 세계적으로 환란을 겪게 된다는 말일 수 있었다.

대부분 가뭄이 기근을 불러오는 것은 다 아는 사실이다.

그러나 사계절이 뚜렷한 대한민국에서 가뭄은 그렇게 길지 않게 지나가고는 했다.

비가 많거나 적게 와서 대기근이 들었다는 말도 요즘 같은 배수로 시설이 잘되어 있는 현대에서는 들어본 일이 없다.

하지만 양 도사는 두 쪽 다 기근을 몰고 온다고 했다.

위기가 닥칠 것을 미리 아는 자라면 살아남기 위해 자신이 무엇을 해야 하는지 현명하게 대처할 것이라고 했다.

그런 자들이 바로 미래를 준비하고 생존에 필수인 먹을 것을 재배하는 자라고 말했다.

"그럼 자네 지금 오성그룹이 농사짓는 일이라도 해야 한다는 말인가?"

바로 나의 말뜻을 해석해 내는 유병철 회장.

하지만 판단과 선택은 오로지 스스로의 몫일 수밖에 없다.

"연대그룹 고 정 회장님도 간척지를 개간해 소 농사를 지으셨습니다. 사실 제 스승님은 깊은 산중에 은거하며 천지의 도를 깨우친 분이십니다. 스승님의 말씀이 다 맞는지는 확언할 수 없지만 그분께서 하신 말씀이 있었습니다. 곧 먹을거리로 전쟁이 날 것이라고 했습니다."

내가 설악산에서 도를 닦는 스승 밑에서 몇 년 머물렀다는 사실을 잘 알고 있는 유병철 회장.

나 한 사람의 의견을 넘어 도를 닦는 도인의 말을 보태 전할 때 더 설득력이 있을 것이다.

나는 그간 양 도사로부터 들었던 수많은 얘기가 아주 헛말이 아님을 잘 알고 있다.

"아무리 최첨단을 달리는 문명사회라 할지라도 먹는 문제 앞에서는… 한낱 장난감 놀이 정도에 불과하다 했습니다."

"음…….."

효과는 더 빨리 나타났다.

어린 사람의 입에서 나오는 말을 듣고 있는 게 아닐 것이다.

유병철 회장은 미래를 짊어질 젊은 청년의 말에 귀를 기울이고 있었다.

나는 분명 유병철 회장에게 그만큼 존중받고 있다는 것을 확실하고 느꼈다.

유병철 회장을 향한 나의 목소리에 더 힘이 실렸다.

"이럴 때일수록 오성이 나서야 한다고 생각합니다. 단기적 프로젝트가 아닌 장기적 안목으로 대한민국 국민의 먹거리를 준비해야 한다고 말입니다. 이미 중소기업들이 연해주를 비롯해 세계 각국에 식량 전초기지를 건설했다는 소문도 돌고 있습니다. 상황이 이런 만큼 오성그룹이 뛰어난 인재와 추진력, 자본을 투자해 더 큰 판을 만든다면 꾸준한 수익을 보장받을 수 있을 것이고 나아가 국가 위기에 그만한 가치를 보여줄 수 있을 것입니다."

나를 바라보는 유병철 회장의 시선을 그대로 받아 나의 의견을 피력했다.

"그때는 민족적 기업으로서 오성그룹은 다시 우뚝 설 것입니다."

사실 나의 말대로 되라는 법은 없었다.

그렇다고 원대한 계획도 못 됐다.

그저 누구나 한 번쯤은 상식적으로 생각해 볼 수 있는 바를 생각에서 멈추지 않고 실천해 보기를 권하는 수준이었다.

한 개인이 아닌 오성그룹과 같은 대기업이 뛰어든다면 가능성이 있는 일이었다.

이미 대한민국은 토종 종자를 보유하고 있는 기업이 전무하다.

국가 위기에 봉착하면서 가장 먼저 국가가 처분한 것들이 종자 산업이다.

토종 종자를 보유하고 있는 기업이 없는 만큼 어마어마한 로열티를 지불하며 역으로 토종 종자를 쓰고 있는 것이다.

이런 여건 속에서 오성그룹이 식량 산업을 주력으로 선택한다면 대한민국의 입지가 분명 달라질 것이다.

몬산토나 카길, 선키스트와 같은 미국의 식량 대기업도 오성그룹을 무시하지는 못할 테니까 말이다.

미국이 군사력에서만 강대국이 아니란 사실을 거의 모든 국민들은 간과하고 있다.

그들은 먹거리에서도 군사력에 버금가는 강자로 세계에서 군림하고 있다.

마음만 먹는다면 대한민국을 한 달 이내에 굶겨 죽일 수도 있는 나라다.

"영농기업이라……. 잊혀진 말처럼 아련한 느낌을 주는군."

말처럼 쉬운 일은 아닐 것이다.

또한 그 길을 선택한다고 해서 성공을 약속받을 수 있는 것도 아니다.

그러나 만약 오성그룹이 뛰어든다면 국민적 여론은 오성에 우호적 시선을 보낼 것이다.

웬만한 전문가들은 이미 예견하고 있는 세계의 식량 전쟁.

미래 사회에는 식량 주권을 소유한 자가 세계 패권을 쥔다고 해도 과언이 아닐 테니 말이다.

"절대 강요하는 것은 아닙니다. 다만 한 번쯤 그쪽 방향으로도 생각해 보심이 어떠실까 해 드리는 말씀입니다."

나는 대놓고 건방을 떤 것 같아 잠시 예의를 표했다.

"아니야, 아닐세. 아주 좋아. 연구해 볼 만하다는 생각이 들어."

어린 나이의 내가 하는 말을 하나도 빠지지 않고 경청한 유병철 회장.

'존경받을 만해.'

나만 해도 스승임에도 양 도사 말을 귓등으로 흘려들은 적이 많다.

더불어 양 도사는 나의 말은 아주 대놓고 무시했다.

그런 스승 밑에서 보고 배운 바는 절대 그런 사람이 되지 말자였다.

처음부터 유병철 회장과 같은 분을 스승으로 만나지 못한 게 한스러울 뿐이었다.

누가 뭐라 해도 오성그룹은 대한민국 내에서 수십만에서 수백만에 이르는 이들의 밥줄을 책임지고 있는 것만은 분명했다.

그런 오성그룹의 주인인 유병철 회장의 총명함이 대한민국의 희망이 돼줄 것이다.

"한 가지 더 말씀드리면… 이렇게 세상이 뒤숭숭할 때일수록 본래 자리를 잘 지키고 최선을 다하는 것이야말로 가장 무탈하게 위기를 극복하고 살아남을 수 있는 방법이라 했습니다. 물론 스승님의 말씀입니다. 그런 맥락에서 보면 기업 경영도 어차피 세상의 이치에서 함께 흘러가는 한 흐름이 아니겠습니까."

잘 적응하다 한 번씩 발악을 하던 나에게 양 도사가 일침을 가할 때마다 던져준 말이었다.

뜨겁게 끓어오르던 분노가 일순간 식을 수 있었던 것도 당시 내 현실을 받아들이고 겸허히 시키는 일에 매진하는 것이었다.

위기일수록 본분에 충실하라는 말.

괴로움이 몰려올수록 내가 집중할 수 있는 것은 수련이었다.

천지간이 개벽해 위기가 기회의 모습으로 탈바꿈하는 시기.

그때는 두려움에 떨며 다른 것을 찾기 위해 주변을 둘러보는 것이 아니라 현재 자신이 해왔고 할 수 있는 일을 계속 집중해 하는 것이라 했다.

위기가 기회라는 펄럭이는 무모한 말을 붙들고 자신의 본분을 버리고 발을 떼었다가는 나락으로 추락한다는 것이다.

대기업은 더할 것이다.

한 개인의 삶을 빗대어 말하는 듯한 양 도사의 말은 늘 넓게 포진한 군사를 호령하는 듯해 내뱉었다.

그러니 오성그룹과 같은 세계 1, 2위를 다투는 기업에도 그 법칙은 당연히 적용될 것이다.

잘나가던 과거 일본 전자회사들이 왜 망했겠는가.

언제까지나 자신들이 1위를 차지할 거라고 여긴 것이다.

그런 안일한 생각이 미래 설계에 더 이상 투자 가치를 두지 않았을 것이고, 벌어들인 자금을 본업에 투자하기는커녕 부동산이나 영화 산업 쪽에 올인했고, 결국 거지꼴을 면하지 못했다.

한때 호황을 누리며 하와이나 뉴질랜드를 비롯해 캐나다의 부동산을 싹쓸이하고 미국 대기업 영화산업을 인수하기까지 했던 일본 대기업들.

본업을 잊어버리고 다른 우물을 파다가 장기 불황을 맞았다.

화려한 불꽃처럼 붐을 일으키다 손아귀에 쥐었던 것들을 헐값에 팔고 모두 본국으로 돌아가야 했다.

그들에게 남겨진 것은 뼈저린 후회와 눈덩이처럼 불어난 빚뿐이었다.

"걱정하지 말게. 비록 선두주자는 창조정신이 부족했지만 이제는 아닐세. 세계 각국의 인재들을 포섭해 반도체와 스마트폰 쪽에서는 타의 추종을 불허하는 그런 기업으로 남을 걸세."

유병철 회장의 목소리에서는 자신감이 느껴졌다.

그만큼 자신 있다는 의지일 것이다.

'아직 10년은 끄덕없이 오성그룹을 지키시겠군.'

양 도사는 늘 의지를 굳건히 하라는 주문을 했었다.

그래야 혼자서도 세상에 우뚝 설 수 있는 그날을 맞을 수 있다고 했다.

그때는 나를 구슬리기 위해 떡밥 같은 말을 던지는 것이라 여겼다.

하지만 내가 지금 유병철 회장에게 던지는 말 한마디 한마디가 결국 양 도사가 나에게 했던 말임을 너무 잘 알고 있다.

한 사람의 올곧고 강인한 의지가 세상을 어떻게 바꾸는지는 과거세부터 잘 나타났던 사실.

유병철 회장 역시 그만한 역량을 타고 난 분이었다.

똑똑.

"아빠, 예린이에요."

문 밖에서 발랄한 예린이의 음성이 들려왔다.

"들어오너라."

유병철 회장은 부드러운 목소리로 예린이에게 대꾸를 했다.

마음을 많이 두고 있는 예린이에 대한 애정이 짧은 순간에도 엿보였다.

끼이익.

"무슨 심각한 얘기들을 나누시는 거예요. 엄마가 식사 준비 끝나셨다고 전해드리래요. 5분 주셨어요. 아빠 늦으시면~ 아시죠? 엄마가 전해드리래요~"

"……."

씽긋 눈 한쪽을 깜빡여 보이며 가족들만 아는 뭔가를 속삭이는 듯한 예린이의 표정.

"하하하, 설거지 당번을 시킨다는 말이겠구나."

"……?"

"그럴 수야 없지. 다른 날은 몰라도 오늘은 시간이 빼듯하단다. 강 군, 어서 나가자고. 내일 골프 라운딩이 아침에 잡혀 있으니 식사 끝나고 레슨 좀 부탁함세."

으레 있었던 일들처럼 유병철 회장의 입가에는 미소가 번졌다.

예린이 역시 이런 가족들의 모습을 대놓고 자랑이라도 하는 듯 장난스러운 표정을 지어 보였다.

'내일도 꽤 바쁜 하루가 되겠군.'

내일 오전 예정에 없던 유병철 회장과의 골프 라운딩을 끝내고 나면 저녁에는 제시카를 만나야 한다.

시간이 많지 않은 나로서는 몸이 두 개라도 모자랄 판이다.

유병철 회장을 보고 있자니 미래의 내 모습을 상상하지 않을 수 없었다.

그 어떤 누구의 삶보다 더 바쁘게 청춘을 보내게 될 게 뻔했다.

모든 의지와 열정을 불태울 나만의 시간.

결코 두렵지 않았다.

다만 가슴 뛰게 그 순간들이 기다려졌다.

아직 맛보지 못한 첫사랑과의 키스처럼 달달하게 내 모든 감각들을 자극하고 깨울 것이다.

제2장
내 청춘은 매우 맑음

"정말 돈이 좋긴 좋구나~"

아침이 밝았다.

지난 저녁 유병철 회장의 가슴속에 쌓인 울분 같은 얘기들을 다 들어주고 난 뒤 이어진 저녁 식사.

다른 날보다 더 유쾌한 시간이 되었다.

나이 어린 나의 말에도 귀 기울여 경청해 주었던 어른다운 어른의 모습을 보였던 유병철 회장.

그간 많은 스트레스를 받았는지 잠깐 말로써 풀고 난 뒤 확실히 얼굴빛이 환하게 바뀌었다.

나 역시 계획적으로 그런 말을 꺼낸 것은 아니었지만 서재를 벗어나던 유병철 회장의 모습에 기대 아닌 기대를 품게 되기도 했다.

물론 앞으로 지켜봐야 알겠지만 오성그룹 산하에 영농기업이 들어올 수도 있겠다는 생각이 들었다..

"뭐니 뭐니 해도 먹고사는 게 가장 시급한 문제야. 다른 건 그다음 문제라고."

내 기억에도 대한민국이 잘사는 나라 축에 이름을 올린 것은 불과 몇십 년밖에 되지 않았다.

분명 보릿고개라는 말이 있을 정도로 대한민국은 어려웠다.

경제가 급성장하면서 곳곳에 먹거리들이 넘쳐나기 시작했지만 이 역시 일본처럼 한 방에 훅 갈 수도 있는 문제다.

선조들의 말처럼 유비무환의 자세로 대비해야 하는 때이다.

그리고 국민들의 관심으로 성장한 대기업들은 선도가 되어 난국에 처한 경제를 이끌어야 이치에 맞았다.

'세상에 공짜가 없다 이거지.'

예린이 덕에 차를 한 대 얻었다.

물론 유병철 회장과 짧은 시간 대화를 한 것으로 본전은 뽑은 셈이다.

얻어 타는 사람이 아니라 정당하게 대가를 치른 것이라고 할 수 있다.

그만큼 나는 할 말을 다했다.

"골프복 오랜만이다~ 흐흐."

저녁 식사가 끝나고 내가 머무는 방으로 올라온 몇 분 뒤 양 실장이 손수 가져다주었다.

아마 유병철 회장이 골프복을 챙겨주라고 지시했을 것이다.

태그도 뜯지 않은 새 골프웨어였다.

처음 방에 걸어놓았던 옷들처럼 정확하게 나에게 맞는 사이즈로 맞춰온 골프웨어.

그레이 바탕에 라이트 블루의 체크무늬 바지.

그리고 선명하고 밝은 오렌지 컬러의 반팔 셔츠였다.

그중에서 내 시선을 확 사로잡은 것은 역시 정열의 레드 바람막이.

화이트 컬러에 블랙 체크무늬가 프린트된 모자.

양말을 비롯해 골프화에 장갑까지 풀 세트로 맞춰주었다.

눈으로야 본 적이 있는 고급 브랜드 제품들이었다.

한국 고등학교 골프 코치였던 임혁필 코치가 즐겨 쓰던 제품.

스르륵.

"오~! 바지 쫀쫀한데~"

굵은 나의 두 다리가 바짓가랑이로 흘러들어 갔다.

탄력성과 편안함을 중시하는 골프웨어답게 착용감이 좋았다.

탄탄한 다리에 느껴지는 촉감에 곧 반응이 왔다.

몸에 딱 맞아 거의 일체감이 느껴졌다.

아무것도 입지 않은 듯 편안하면서 두 다리를 감싸고 있는 부드러운 감촉으로 인해 감탄이 절로 터졌다.

그간 평소에 걸쳤던 옷들과 골프웨어라고 몇 번 입어본 것과는 차원이 달랐다.

제조 과정부터가 남다를 것 같은 느낌.

일상복으로 입고 다니기에는 상당히 튀는 패션이다.

원색 위주의 골프웨어들.

오렌지색 상의는 더욱 눈에 띌 것이다.

사락.

나는 하의 못지않게 편안한 상의 위에 바람막이 외투를 걸쳤다.

이 정도 가볍고 착용감 좋은 옷이라면 몇 겹을 더 껴입어도 전혀 답답한 느낌이 들지 않을 것 같았다.

그리고 테이블 위에 놓여 있던 모자를 눌러썼다.

유병철 회장이 마련해 준 골프웨어를 머리끝부터 발끝까지 갖춰 입고 거울 앞에 섰다.

"캬아~ 진짜 프로 선수가 따로 없네~"

거울에 비친 나의 모습.

혼자 보기 아까울 정도로 멋졌다.

이대로 클럽 하나 어깨에 메고 그린으로 나가도 아무 손색이 없을 것으로 생각되었다.

늘씬하게 쭉 뻗은 장신의 신체조건.

게다가 제대로 된 골프웨어까지 풀세트로 쭉 빼입었으니 내가 봐도 눈이 부셨다.

브라운관을 장식하는 세계 유명 골퍼들도 거울에 비친 나의 비주얼에는 단언컨대 못 미쳤다.

"하산한 지 며칠이나 됐다고 대기업 총수들 골프 미팅하는 데도 끼고, 햐아~ 그분들도 참 복도 많지. 미국 들어가고 나면 나 보시기 힘들 걸 어떻게 알고 말이야."

오늘 골프 라운딩도 유병철 회장 부탁만 아니었어도 참석할 일이 없었다.

미국으로 출국하기 전에 마무리를 지어야 할 일이 산재해 있었다.

한가롭게 그린을 밟으며 골프장 산책을 하기에는 남아 있는 시간이 너무 없었다.

그러나 자리가 대기업 총수들 모임.

자리가 자리이니만큼 없는 시간도 쪼개 참석해 놓으면 해롭지 않을 자리였다.

유병철 회장이 그간 뜸했다던 골프 회동을 챙기는 것만 봐도 대단한 분들이 나오는 것이 분명했다.

"자~ 출동해 볼까."

게임 방식이 어떻게 진행될지 아직 모르지만 다수가 진행하는 경기가 될 것이다.

실수를 할 만한 요소는 전혀 없었다.

유병철 회장님이 손수 내 손에 건네준 골프백을 받아 들고 와 밤사이 클럽을 손에 익혀둔 상태였다.

하룻밤이 지났음에도 손바닥에 느껴지던 그 손맛이 끝내 줬다.

손에 착 감기는 그립감이 딱 내가 바라던 스타일 그대로 였다.

아이언 헤드는 머슬백 스타일로 다운블로샷을 구사할 때 스핀이 좋아 프로들이 즐겨 사용하는 놈이었다.

초보에게는 다소 다루기 어려운 물건이지만 나에게는 문제 되지 않았다.

아주 적당했다.

"샤프트도 100g대 S급으로 적당하고~ 완전 내 스타일이야~"

내게 건네진 물건은 유병철 회장을 위한 선물이 아니었던 듯하다.

분명 누군가가 나를 위해 유병철 회장의 손을 거쳐 당사자인 나에게 선물한 게 분명했다.

어이없는 생각이지만 그만큼 나에게 안성맞춤의 클럽 세트였다.

프로 중에서도 파워 골퍼들만 사용할 수 있도록 제작된 최고급 중량감을 자랑하는 제품들.

물론 한국 고등학교 재학 시절 쓰던 로케트사의 장식용 풀파워 세트보다는 약했다.

헤드급은 460cc로 10cc 늘어난 셈이지만 로프트 각도와 라이 각은 평범하게 바뀌었다.

아무리 그렇다 해도 일반인이 사용하기에 부담스러운 놈임은 확실했다.

누가 유병철 회장에게 선물을 했는지는 모르지만 물건을 잘못 보낸 것을 보면 초보임에는 분명하다.

프로급이나 사용하는 풀세트를 선물이라고 보냈으니 유병철 회장 입장에서는 모셔놓고 입맛만 다실 수밖에 없었을 터.

나이도 있는 데다 근육 양도 많지 않은 체구.

그런 사람들에게는 무리가 확 가는 중량감이다.

차락.

방에 세워놓은 골프백을 챙겼다.

친선 게임 정도일 테니 모두 다 사용할 수 있을 것이다.

클럽을 모두 한 번씩 휘둘러 보고 싶은 마음에 하나도 빠뜨리지 않고 모두 챙겨 넣었다.

"용인이면 거리도 적당하고. 오후까지는 돌아올 수 있겠어."

현재 시각 아침 7시 30분.

9시 타임에 라운딩이 잡혀 있어 지금 출발해야 했다.

일요일 아침.

5월의 봄 햇살이 봄의 진수답게 따스하고 아늑하게 쏟아지고 있다.

파스텔화를 펼쳐놓은 듯한 태양빛.

이즈음의 설악산은 거의 환상적인 풍광을 연출하고는 했다.

서서히 밝아오는 먼 산 너머의 태양.

눈에 보이지 않는 자연 속의 수많은 신비가 태양과 함께 눈을 뜨는 곳이 바로 산중이었다.

헤아릴 수 없는 수많은 신비로운 대자연의 색깔이 모습을 드러냈다.

태양의 존재감은 거의 아버지와 동일시된다.

그리고 밤의 달은 어머니와 짝을 이루었다.

새벽 일찍 설악산 정상에 올라 태양이 떠오르는 것을 볼 때마다 나는 주문을 걸었다.

내 스스로 온전히 태양처럼 빛나는 그런 존재가 되리라고.

그만큼 인류의 앞날을 훤히 비춰주는 역할을 태양이 하는 것이라고 여겼다.

한 가정은 인류가 그 역사를 이어가는 데 있어 기본 단위라 할 수 있다.

그 단위 안에서 나는 태양이 될 것이고 더 나아가 인류 역사에 이바지할 수 있는 그런 존재로서 우뚝 설 것이다.

아직은 보잘것없는 도망자의 기로에 서 있지만 말이다.

그것도 명색이 스승인 양 도사의 손아귀에서 벗어남과 동시에 쓰레기 같은 깡패들의 시선에서 말이다.

그리고 울적할 때마다 조용히 나를 감싸주던 달빛.

어머니의 품과 같은 존재.

대자연의 신비 속에서 인간은 분명 가장 축복받은 존재임이 확실하다.

그런 사실을 깨닫는 데 꽤 많은 시간을 쏟아야 했지만 말이다.

끼릭.

방문을 열었다.

터벅터벅.

그리고 조용히 계단을 밟고 내려갔다.

일반 개인 주택과는 차원을 달리하는 오성그룹의 저택.

독립된 문을 사용하게 돼 있어 곧장 거실로 내려가지 않아도 되었다.

"이제 일어났어?"

"어? 예린아~"

문 밖으로 나오는데 벌써 예린이가 나를 기다리고 있었다.

편안해 보이는 짧은 스커트에 가벼운 카디건을 걸친 예린이.

양손에 뭔가를 들고 있었다.

"이거 가지고 가."

"그게 뭔데?"

"아침 안 먹었잖아."

"아침?"

하긴 일요일 아침인 데다 일찍 출발하는 만큼 아침을 건너뛰긴 했다.

"입에 맞을지 모르겠어. 호호호, 유부초밥이야."

"유부초밥? 설마 네가 직접?"

"응!"

의외였다.

전문 요리사에 보조 도우미까지 거느리고 있는 주방 사정상 예린이가 뭔가를 직접 한다는 것은 그림이 되지 않았다.

예린이는 얼굴에 환한 미소를 피우며 밝게 웃었다.

'예쁘다 예쁘다 하니 예쁜 짓만 골라 하는구나.'

아침 일찍 이런 센스를 보일 수 있는 관계는 몇 되지 않을 것이다.

어머니가 살아 계셨다면 당연히 그랬을 것이고 혹 여동생이나 누나가 있었다면 가능할 만한 그림.

거둬주고 입혀준 친구가 이렇게까지 나오자 묘한 감동이 밀려왔다.

남자라면 나밖에 모르는 여자 친구가 직접 싸주는 도시락을 맛보는 것도 꿈꾸는 로망 중 하나일 것이다.

그냥 친구에게도 이렇게 신경을 쓰는 예린이.

들고 있는 것의 높이만 봐도 적어도 삼단 도시락이다.

나름 나를 위한다고 갖은 정성을 다 들여 쌌을 것이다.

정식 연인 관계도 아닌데 나에게 이렇게 마음을 쏟는 것이 신경 쓰였다.

하지만 한국에 머물 시간이 얼마나 될지 아직은 모르는 상황.

기쁘게 받아먹기로 마음을 먹었다.

"고마워, 예린아."

"뭐가~ 과일이랑 간단한 먹거리들을 조금 더 넣었어~ 이건 둥글레 차야."

"응, 잘 먹을게."

내 인생에 가진 것 하나 없이 이런 호사를 언제 다시 누려볼 수 있겠는가.

나는 예린이가 건네는 차 통을 받아들었다.

어릴 때 유치원 소풍을 갈 때 어머니가 직접 싸주셨던 김밥이 내가 받아본 도시락의 시작이고 끝이었다.

"오늘 꼭 이겨~ 아빠가 한 번도 이겨본 적이 없는 라운딩이야. 민이 네가 복수 좀 해줘~ 알았지?"

그러니까 나름 뇌물 비슷한 도시락인 셈이다.

그나마 마음이 좀 편해지는 것 같았다.

대가성은 그에 버금가는 대가를 지불하면 따로 마음의 짐을 얻고 있지 않아도 되니까 말이다.

"알았어~! 내가 오늘 회장님 코 제대로 한번 팍팍 세워드리고 올게~ 나만 믿으라고."

"응, 응!"

늘 마주하고 있으면 기분이 좋은 사람이다.

사람을 긍정적 에너지로 물들이고 가능하지 않을 것 같은 일도 가능할 거라고 믿게 만드는 힘이 있는 친구.

예린이의 부탁이 아니어도 분명 나는 내로라하는 회장님들을 상대로 가볍게 우승할 것이다.

하지만 예린이의 부탁이 나의 승부욕을 더욱 자극해 주고 있었다.

어느새 예린이는 나에게 긍정적 에너지를 나누어주는 그런 존재가 돼 있었다.

끼릭.

"우리 막내 공주, 이 아빠가 섭섭한데~ 새벽부터 준비한 게 아빠 도시락이 아니라 강 군 거였단 말이냐?"

유병철 회장이 현관문을 열고 모습을 보였다.

"이래서 딸자식 키워놓아 봐야 헛농사라고들 하는군, 하하하하."

블랙 하의에 상의는 화이트를 맞춘 복장이다.

겉옷으로 레드브라운 컬러의 점잖아 보이는 것을 걸친 유병철 회장.

"아빠~ 괜히 그러셔! 민이는 손님이잖아요. 아빠는 다음에 싸드릴 시간이 많잖아요."

서운함을 드러내는 유병철 회장에게 예린이는 애교 섞인

목소리로 앙앙거렸다.

"휴~ 이 아빠가 우리 막내는 안 그럴 줄 알았다. 그런데… 혹시나 했더니 역시나구나."

윤라희 여사와 밀고 당기기를 하던 모습을 예린이와 하고 있는 유병철 회장.

나는 문득 혹시 나도 미래에 딸을 얻게 되면 저런 모습이 되는 건 아닐까 하는 생각이 퍼뜩 스쳤다.

'아니야, 저건 아니야.'

온몸에 닭살이 돋는 것처럼 피부의 털이 옷 안에서 바짝 서는 듯했다.

"아빠 지금 질투하시는 거예요? 어쩜 딸의 남자 친구를 질투하실 수가 있어요. 아빠는 엄마가 계시잖아요~"

역시 내 생각이 맞았다.

유병철 회장은 나를 질투하고 있는 것이다.

예린이 말처럼 분명 본인의 짝이 있음에도 딸의 관심이 나에게 쏠리는 것이 진정 서운했던 모양이다.

"우리 아빠는 세상에서 가장 마음이 넓고 멋진 중년 신사분이 되고 계시다고 믿었는데……."

나름 머리를 쓰는 예린이의 장난스러운 표정이 눈에 들어왔다.

"아빠가 늙어서 그렇다. 늙다 보니 질투도 많아졌나 보구

나. 흠흠, 강 군. 가세나. 가다가 자네 혼자 많이 먹게. 나는 중간에 휴게소에 들러 우동이나 하나 사먹도록 하겠네."

끝까지 예린이와 대치 상태를 유지하는 유병철 회장.

예린이와 유병철 회장의 평소 관계를 모르는 사람이 봤다면 살짝 긴장 모드로 바뀌었을 분위기다.

'설마, 나도 나중에 저럴까?'

아직 평생 함께하고 싶은 반려자가 있는 것도 아니지만 꽤 심란한 생각이 들었다.

여우 같은 마누라에, 토끼 같은 자식 틈에서 살아가는 중년의 내 모습.

'뭐! 닥치면 다 되겠지.'

기우로 무슨 일을 시작도 못한다면 그것은 어리석은 자의 모습.

다 집어치우고 지금 이 순간에 집중하는 것이 최고다.

양 도사에게 제대로 하나 배운 것이 있다면 현재의 고통에 집중하는 것이었으니 말이다.

그 고통의 시간은 분명 흘렀고 그 뒤에는 짝을 이루는 비고통의 시간이 확실히 왔다.

모든 것이 변하고 고정되지 않는다는 것을 알아버린 나.

이 순간 두 부녀의 모습이 나의 먼 미래 모습과 닮아 있을지도 모르지만 결코 같지 않다는 걸 잘 안다.

"아빠~ 오늘은 꼭 우승하세요. 작년처럼 꼴찌 하시면 안 돼요!"

예린이가 말을 돌렸다.

"예쁜 딸 도시락도 못 받았는데⋯ 이긴다고 무슨 의미가 있겠니."

예린이를 끝까지 물고 늘어지는 유병철 회장.

"아빠 파이팅! 민아, 아빠 잘 부탁해~"

"걱정 마. 회장님, 가실까요?"

골프백은 이미 차에 실어놓았는지 가볍게 몸만 움직였다.

"예린아~ 도시락 말이야, 회장님과 함께⋯⋯?"

"그럼~ 두 사람이 함께 드실 수 있게 넉넉히 쌌어."

나는 예린이 눈치를 보는 척하며 살짝 물었다.

물론 회장님과 함께 나가는 라운딩에 내 도시락만 쌌다면 실망했을지도 모른다.

아니나 다를까, 마음을 쓰는 게 어리지 않았다.

"조금만 먹으마. 괜히 눈치 보여 체할지도 모르니까 말이다."

때를 놓치지 않고 예린이를 놀리는 유병철 회장.

"아잉~ 아빠."

예린이의 표정이 또 한 번 애교 작렬로 바뀌었다.

"자, 강 군. 가세나. 성질 급한 친구들이라 시간 늦으면 화부터 낸다네."

"네, 회장님."

예린이 보디가드에서 오늘은 유병철 회장님의 수행비서 역할로 바뀐 듯했다.

평소 유 회장을 수행하던 비서실장과 몇몇 직원은 보이지 않았다.

늘 눈에 띄지 않는 날이 없었는데 양 실장도 보이지 않았다.

오늘이 쉬는 날이라도 되는 듯 집 안이 조용했다.

"민아~ 오후에 봐~"

"에잇, 졸업하면 후딱 시집이나 보내 버려야지."

끝까지 예린이에게 삐쳐(?) 있는 유병철 회장.

이제 대학에 입학한 딸을 벌써 졸업시켜 시집을 보내 버리겠다고 엄포를 놓았다.

"싫은걸요~ 전 아빠랑 평생 살 거예요~ 호호."

아주 유병철 회장을 들었다 놓았다 하는 예린이의 말솜씨가 한두 번 겪은 일이 아닌 듯하다.

'못 말리는 부녀지간이군.'

말은 그렇게 했지만 유병철 회장의 입가에 미소가 걸리는 것을 나는 보았다.

나름 이런 분위기를 즐기는 듯했다.

아마 예린이의 애교 섞인 행동들을 보는 재미를 이렇게 맛보는 것 같다.

내가 봐도 예린이 같은 성격의 딸이라면 만족스러울 것 같았다.

미워할 수도 없겠지만 말이다.

부모와 자식의 관계가 이런 것이라면 나 역시 제대로 된 가정을 꾸리며 한번 멋지게 살아보고 싶은 생각이 들었다.

생기발랄한 긍정의 힘이 넘치는 예린 같은 딸도 한번 얻고 싶고 말이다.

어차피 부모님이 계시지 않은 나의 처지를 생각할 때 양 도사는 나의 스텝 파더로서의 자격을 이미 얻었다고 해도 과언은 아니다.

나는 앞에 걷는 유병철 회장의 모습을 바라보았다.

'양 도사가 저분의 1,000에 1만 되셨어도……'

그렇다.

양 도사의 성품이 유병철 회장의 발뒤꿈치만 따라갔어도 나 역시 그에 못지않은 제자, 혹은 아들 노릇을 했을 것이다.

어찌 스승과 부모를 나눠 생각할 수 있겠는가.

그것도 나의 성품으로 말이다.

내가 가진 재능을 십분 발휘해 물심양면으로 양 도사가 우화등선할 때까지 일체 비용을 대고도 남았을 터였다.

'에휴…….'

떠난 부모의 마음으로 나를 조금만 더 아껴주었더라면 얼마나 좋았겠는가.

하지만 불가능한 현실.

한 여인을 책임져 보지도 못했고 그렇다고 가정을 꾸려 자식을 낳아 건사해 본 것도 아닌 양 도사.

기대할 것이 있어야 동아줄 끝이라도 묶어볼 텐데 양 도사에게는 하등 그럴 만한 것이 전혀 없었다.

이미 흐르는 강물에 벗어던진 고무신 한 짝을 찾아나서는 꼴과 다르지 않은 나와 양 도사와의 관계.

그저 나 없이도 우화등선해 꼭 옥황상제를 뵈옵기를 바랄 뿐이다.

혹시라도 세상 구경을 한답시고 풍진 세상에 나오는 일이 없기만을 온 마음을 다해 염하는 바다.

절대로 이 혹독하고 치사한 세상을 모른 채 하계신선루에서 텔레비전 세상이 전부인 것으로 알고 떠나시기를 간절히 바랐다.

그날이 오기는 올는지 알 수 없는 노릇이지만 말이다.

"제시카, 나에게 이럴 수 있는 거야?"

루니의 목소리가 커졌다.

"루니, 미안해요."

제시카는 본의 아니게 루니에게 당하는 모습이 되었다.

"그런 대물이 있었다면 먼저 연락을 줬어야 하는 거 아니냐고."

"연락한다는 걸 깜빡했어요. 워낙 시간을 다투며 진행돼서 말이에요."

루니의 목소리가 잠시 가라앉는 듯 진정돼 갔다.

루니나 제시카 두 사람이 각각 신인 스타를 발굴하기 위해 얼마나 동분서주 애쓰고 있었는지 잘 알고 있었다.

"내일 테스트는 어디서 할 예정이야?"

루니는 다시 진정 모드를 되찾고 사업적 수완을 드러냈다.

"그건 폴한테……."

제시카는 살짝 밑밥을 던졌다.

"이거 봐, 제시카. 계약서에 사인하기 전까지 선수는 그 어느 곳에 소속된 게 아니라는 건 잘 알잖아. 이 업계 생리인 거 몰라?"

"어머, 폴이 알면 기분 나빠 할 텐데……."

엮을 때 제대로 엮지 않으면 계획이 어긋날 수도 있는 일이다.

제시카는 폴을 팔아 좀 더 팽팽하게 줄을 당겼다.

"폴 그 자식은 욕심이 많아서 탈이야. 걱정 말고 불러줘! 제시카 말대로 정말 쓸 만한 대어면 그대 하자는 대로 계약 이행할 테니까 말이야. 우리 사업적으로 얘기하자고. 어때!"

'걸려들었군.'

제시카는 조용하게 숨을 들이쉬었다.

한국에 들어오자마자 작업에 들어간 제시카.

일본에 머물고 있었던 다저스 동아시아 담당 스카우터인 폴에게 연락을 넣었다.

강민을 염두에 두고 작업에 들어간 만큼 실수가 있어서는 안 되는 일.

전혀 과장을 하지 않아도 강민은 제시카의 눈에 대어감 이었다.

엄청난 대어를 광활한 대해에서 건져 올린 만큼 빈틈없는 계약이 이행되어야 했다.

제시카는 대어급 투수를 건졌다고 말하고 폴에게 테스트 의사를 물었다.

평소 스타급 선수를 발굴하는 데 탁월한 능력을 갖고 있었던 제시카의 실력을 잘 알고 있었던 폴.

곧장 제시카의 질문에 화답해 왔다.

제시카는 그것을 놓치지 않고 폴과의 약속을 슬쩍 몇몇 스카우터에게 소식이 흘러들도록 소문을 흘렸다.

요즘 들어 부쩍 투수나 타자 쪽에 대어급 인물들이 가뭄철을 겪고 있었다.

인물다운 인물을 내놓지 못하고 있는 메이저리그.

공 좀 던진다 싶으면 이미 모두 장기 계약으로 발이 묶여 오도 가도 못하는 신세가 돼 있고, 신인들은 씨가 말라가고 있는 실정이다.

바닥 사정이 이렇다 보니 웬만한 선발 투수감이 등장했다는 말에도 떼로 몰려들었다.

그러나 대놓고 대어급 선수를 테스트한다는 말이 도는 마당에 모두 침께나 흘리며 달려올 판.

제시카는 심호흡을 한 번 더 했다.

그리고,

"뭐, 그럼… 루니 말대로 하겠어. 우리가 하루 이틀 볼 사이도 아니고."

폴을 제치고 루니를 지원하는 듯한 제시카의 말투.

"오! 바로 그거야."

금세 루니는 제시카의 대답에 흥분하기 시작했다.

"제시카, 난 당신의 영원한 팬이라고. 알잖아? 장소만 알려줘. 곧장 공항으로 가 한국으로 건너가겠어."

루니.

지금은 대만에 머물고 있다.

샌프란시크코 자이언츠 소속 스카우터인 루니의 호들갑스러운 목소리가 제시카의 귀를 울렸다.

그만큼 루니의 마음이 급해진 것을 반증했다.

같은 내셔널리그 서부지역에 속해 있는 LA 다저스와 샌프란시스코의 자이언츠.

어느 한쪽이 강해지면 나머지 한쪽은 곧바로 피해를 보는 구도다.

매년 치열하게 벌어지는 지구 순위 타툼.

지구 우승이라도 거머쥐어야 구단 살림이 펴졌다.

그렇다 보니 우승으로 이끌 만한 선수 수급에 목숨을 걸지 않을 수 없었다.

제대로 물건 하나를 건져 그 덕을 보는 경우가 많았다.

한 사람의 활약이 구단 전체의 운명을 좌지우지할 정도로 파급효과가 큰 것이다.

최근에는 LA 다저스의 활약으로 샌프란시스코가 절망을 맛봤다.

LA 다저스에서 잡아간 쿠바 특급 푸이그가 제대로 된 대어 역할을 해낸 것이다.

게다가 예상치 못했던 제시카가 에이전시한 선발투수 류의 활약.

류의 호투 능력 덕에 샌프란시스코 자이언츠가 환장하기 일보 직전에 직면한 것이다.

두 사람의 역할로 LA 다저스가 환상적인 성적을 거두는 동안 바닥을 짚고 기었던 샌프란시스코 자이언츠.

야구인들이라면 모르는 이들이 없을 만큼 치욕스러운 때를 보냈다.

루니로서는 이번 제시카가 들고 있는 카드를 꼭 건네받아야 하는 입장이다.

"난지 한강 공원 야구장이에요."

"모, 몰라. 그런 곳도 있어?"

하긴 한국과 일본, 그리고 대만 선수들을 전문으로 스카우트하는 루니가 한국 시민들의 놀이터를 알 리 만무했다.

"루니, 한국 도착하면 네비게이션 안내받고 와요. 내일 오전 11시까지 와야 해요. 늦으면 기회가 없어요."

"그, 그래요. 오케이. 알았어."

루니는 두 번 물을 수 없었다.

본인의 사정이 더 아쉽다는 것을 모를 리 없었다.

"어떻게든 찾아갈 테니까 나 빼놓고 시작하면 안 돼! 제시카."

"걱정하지 말아요. 제 이름을 걸고 약속하죠."

경쟁자가 많을수록 제시카에게도 강민에게도 긍정적 효과 수치는 더 높아지게 돼 있었다.

급할 것 없는 제시카로서는 스카우터 한 사람이 더 오는 게 반가웠다.

"고마워, 아이 러브 유 제시카. 오우 제시카, 내 마음 알지. 표현할 길이 없다고. 와이프가 날 놔준다면 당장 당신에게 내 인생을 던질 자신이 있어."

루이의 성격이 또 발동되기 시작했다.

자신이 원하는 것을 손에 넣거나 일이 잘 풀리면 나사 풀린 것처럼 방방 뛰었다.

"이거 녹취했다가 레이첼에게 보내줘도 되는 거죠, 루니?"

스카우터들과 에이전트 업체는 뗄레야 뗄 수 없는 관계.

보통 때 루니와 그의 아내 레이첼과도 허물없이 지냈던 제시카.

서로가 사정을 잘 알고 있는 만큼 관계에 농도 짙은 농담이 오고갔다.

"하, 하하. 농담이야 농담. 그럼 내일 보자고. 제시카~ 마이 러버."

끼릭.

루니는 어색한 웃음을 남긴 채 전화를 끊었다.

빙긋.

제시카의 입가에는 제대로 한 건 한 자들만의 미소가 걸렸다.

로얄그룹이 아무리 잘나가는 그룹이라도 해도 썬라이징 에이전트사의 일은 독립적으로 이루어져야 한다.

본사의 도움 없이 움직일 수 있는 루트는 협력이다.

아무 경력 없는 무명 선수를 아메리카로 단시간에 데려갈 수는 있는 방법은 동종업계와의 협력만큼 좋은 게 없었다.

앞서 여행비자로 입국한 후 테스트를 받고 난 뒤 입국과 출국을 반복하는 것도 나쁜 방법은 아니다.

하지만 그렇게 하기에는 시간이 촉박했다.

그날 강민의 표정을 봐서는 바로 해결해 주지 않으면 제시카의 손을 벗어날 것처럼 보였다.

그렇게 되면 곧장 다른 에이전트사를 찾을 게 빤하다.

"실력만 갖춘다면 민, 당신 뜻대로 다 할 수 있어!"

불과 시간은 3년이 흘렀을 뿐이다.

그사이 더 화려해지고 웅장해진 대한민국 서울의 강남.

하야테 호텔 VIP룸에서 내려다보는 강남의 야경은 화려하고 아름다웠다.

제시카는 글라스에 포도주를 채웠다.

다른 사람에게는 불가능한 일이었다.

그러나 제시카가 본 강민에게는 가능한 일.

메이저리그 선수로 스포츠 취업비자를 취득하면 되었다.

그렇게 본국으로 들어가기만 하면 만사 오케이다.

어차피 강민이 언론을 화려하게 장식하고 나면 나머지 문제들은 가볍게 해결된다.

미국은 모든 면에서 유명세를 타고 나면 그 누구에게보다 관대해졌다.

미국의 인류 역사 이래 히어로에게 더없이 목말라 있는 아메리카였다.

어떤 분야에서든 히어로의 등장은 영혼이 황폐해지고 있는 아메리카 국민들에게 한 줄기 단비와 같은 역할을 할 것이다.

제시카는 붉은 포도주로 입술을 적셨다.

한 모금의 포도주가 그녀의 목으로 넘어갔다.

진한 향이 입안 가득 퍼지며 코끝까지 다시 전해져 왔다.

"맛있군."

"더 드십시오."

"아니야. 괜히 더 먹었다가는 예린이 그 녀석에게 한소리 듣게 될 걸세."

유병철 회장은 예린이 싸준 도시락을 열자마자 젓가락을 바쁘게 움직였다.

'반절을 드시고 그런 말씀을 하시면 안 되는 거죠~'

그것도 무려 삼 단이나 되는 도시락.

예린이의 정성이 가득 담겨 있었다.

새콤한 유부초밥이 가장 윗단에 담겨 있었다.

두 번째 칸에는 김치와 오징어 젓갈, 멸치 볶음 같은 밑반찬이 깔끔하게 담겨 있었다.

모두 새로 조리한 듯한 정갈한 반찬들이었다.

가장 하단에는 예쁘게 잘라놓은 멜론과 사과, 오렌지 등을 섞이지 않게 잘 나눠 담았다.

보통은 이렇게 도시락을 만든다는 게 쉽지 않은 일이다.

음식들은 딱히 복잡한 맛을 내는 것들이 아니었지만 예린이가 직접 준비한 것 같았다.

클럽 하우스 내 휴게실에 도착해 아침을 대신해 먹고 시간을 채우고 있었다.

'꽤 된 것 같은데… 관리가 잘되고 있어. 명품 골프장이 따로 없군.'

용인 레이크 랜드 골프장은 재계 수장들이 선택할 만한 이유가 충분히 있어 보였다.

골프장 입구에서부터 눈에 들어온 울창한 수목들.

길목에 사자상 두 마리가 위협적인 자세로 환영 인사를 했었다.

부지 80만 평 대지 위에 펼쳐진 용인 레이크 랜드는 대자연의 경관을 거의 그대로 살리고 있었다.

돈 좀 벌어보자고 대충 만들어놓은 싸구려 골프장과는 품격을 달리했다.

골프장의 얼굴이라고 할 수 있는 클럽하우스.

역시 내부 인테리어도 충분히 고위급들을 끌어들일 수 있을 만큼 고풍스럽게 해놓았다.

그린 컬러의 삼각형 모양의 지붕을 이고 대자연의 풍광과 자연스럽게 어우러져 있는 클럽하우스.

외벽을 따라 오래된 담쟁이넝쿨이 운치 있게 덮어 올라가는 풍광은 자연스러우면서도 고풍스러운 분위기를 연출했다.

유럽의 역사 깊은 명문 대학의 건물들에서 볼 수 있음 직한 장면이라고 해야 할까.

넓은 주차 공간도 골프장을 찾는 인사들의 마음을 살 만큼 편리한 동선을 보이고 있었다.

클럽하우스 내부의 로비홀에는 대리석으로 좌우 이동하는 손님들을 배려한 듯 대칭을 이루는 무늬로 깔려 있다.

환한 대낮임에도 불구하고 내부에는 큰 석조 전등의 불

을 밝혀 내부에 은은한 빛이 흐르도록 했다.

'인물들 좋으시고~'

아무래도 장소가 장소이니만큼 눈에 띄는 직원들 외모
역시 준수했다.

잘되는 곳은 업종 장소 불문하고 종사하는 직원들의 외
모가 출중한 것 같다.

일단 예쁘고 잘생기고 봐야 하는 좋은 직장을 얻을 가능
성이 크다는 말도 있지 않은가.

'좋다~'

자연에 아주 묻혀 살 뻔했던 나.

아무래도 문명과 대자연의 조화가 적절하게 균형을 이루
고 있는 골프장 같은 곳을 접하게 되면 감회가 새로울 수밖
에 없다.

설악산에서 허구한 날 산 정상에 올라 동쪽 산머리를 바
라보며 오늘 뜨는 해는 어제와 다르거니 하며 시간을 보냈
었다.

아무리 대자연이 어머니의 품과 같다 위안을 삼아도 서
산에 해가 기울 때까지 양 도사 손바닥 안에서 이리 뛰고
저리 뛰다 보면 지치지 않는 날이 손에 꼽았다.

거친 산길을 달리던 때가 엊그제.

썩은 낙엽을 잘못 밟고 뛰느라 가차없이 미끄러져 수 바

퀴를 굴러 내려갈 때가 몇 차례.

평소에는 너와집에 앉아 나만 오라 가라 부리던 양 도사가 내 뒤를 따라올 때면 길까지 쓸며 올라야 했던 산행.

이렇게 정갈하게 이발을 하고 나의 발자취를 받아들이기 위해 고요함을 유지하고 있는 골프장을 바라보고 있자니 꽉 막혔던 그간의 심정이 뻥 뚫리는 듯했다.

넓게 내놓은 휴게실 창문을 통해서 바라다 보이는 풍경.

그 어느 명화를 눈앞에 두고 있는 것보다 마음이 편안해지고 안정이 되었다.

과연 대한민국 10대 명문 골프장이라는 슬로건을 내걸 만해 보였다.

멀리 보이는 필드 가장자리 쪽으로 오밀조밀 피어 있는 작은 꽃들도 눈에 들어왔다.

예린이의 정성이 가득 담긴 도시락으로 배도 두둑하니 채웠다.

나른한 봄날 아침의 필드.

먼 곳에서부터 아지랑이가 슬슬 피어오르는 것을 보고 있자니 절로 심신이 안정되었다.

"좋군. 어떤가, 강 군은."

냅킨으로 입을 닦고 차를 한잔 마시던 유병철 회장이 나와 같은 창을 바라보고 있다 조용히 물었다.

"네, 좋습니다. 회장님."

나는 들뜨지 않은 목소리로 조용히 대답했다.

"오늘 만나게 될 사람들을 잘 봐두게. 행동 하나 말투 하나까지. 어떤 말을 할 때 어떤 제스처를 보이는지 정도만 알아둬도 인생 사는 데 도움이 많이 될 걸세. 보통 사람들이 아니니 말이야."

3년 전 처음 나를 대할 때와는 사뭇 달라진 유병철 회장의 모습.

한집에 머물며 여러모로 나를 겪고 난 뒤 마음을 열게 된 것 같았다.

마치 후계자 수업이라도 시키는 아버지처럼 느껴졌다.

하지만 나는 생판 남.

내 인생에 있어 중요한 전환점을 맞게 되는 시점에 와 있는 것만은 분명했다.

그것이 유병철 회장이 만들어준 이 자리가 될지 저녁에 제시카와 만나게 될 그 자리가 될지는 아직 모른다.

다만 오늘 이 순간 나보다 더 많은 세월을 한 우물을 지키며 살아온 대선배가 주는 조언이라 여기고 새길 뿐이다.

"유 상무를 몇 번 데리고 나와봤는데 영 탐탁찮았지. 강 군만 같았어도 내가 걱정을 하지 않을 텐데. 왜 적당히 분위기 봐서 어른들 기분도 좀 맞추고 들어야 할 소리는 듣고 할 말이 있으면 직언도 좀 하고… 그럼 얼마나 좋아. 통 속을 알 수가 없으니 원."

유병철 일가 중 유일한 아들 유재명 상무.

그에 대한 유병철 회장의 마음이 느껴지는 듯했다.

말은 거칠고 모자란 아들에 대해 폄하하는 듯한 뉘앙스였지만 그 속내는 걱정스러움을 드러낸 것이리라.

어린 나에게 말은 저렇게 해도 마음이 얼마나 아프겠는가.

부모와 자식은 그런 관계라고 했다.

"상무님도 잘하실 겁니다. 눈빛이 살아 있잖습니까."

내가 봤을 때 유재명 상무가 그렇게 무능한 사람으로 보이지는 않았다.

단지 자신이 좋아하는 일이 아닌 분야에 몸을 담고 있는 것으로 보였다.

"좋아하는 일을 하면 꽤 성과를 이루실 겁니다."

"자네 뭘 볼 줄 아는 건가?"

"하하, 관상을 말씀하시는 겁니까?"

"그래 그렇지. 그런 것 말일세. 관상 좀 보는가?"

나에 관해서 새로운 것을 발견한 듯 의외로 반응을 크게 보이는 유병철 회장.

"사실… 묏자리도 좀 봅니다."

나는 살짝 내 자랑을 늘어놓았다.

전문적으로 공부를 했다고는 할 수 없지만 그래도 양 도사 어깨너머로 배운 실력이 웬만한 점쟁이들보다 과학적인 것만은 사실이다.

"허참, 관상도 보고 묏자리도 본단 말인가? 젊은 친구가 재주가 많구만."

"감사합니다, 회장님."

'재주라고까지. 속 모르는 소리 마십시오, 회장님. 제가 6년간 정신 빼놓고 이런 것들을 쑤셔넣느라 얼마나 개고생을 했는데요.'

먹고살 만한 사람들이야 관상 좀 본다고 하면 흥밋거리로 받아들여질 것이다.

그래서 재주도 많고 벌어먹을 판도 넓다고 말이다.

그러나 차마 세상에 밝힐 수 없는 나만의 고통스러운 추억의 시절.

지금의 나를 부정할 수도 없고 그렇다고 모든 것을 인정할 수도 없는 것이 나의 처지였다.

하루에도 수십 번씩 낯빛을 바꾸던 양 도사.

말은 그럴싸하게 자신의 관상이 어떻게 바뀌는지 면밀하게 살피라는 것이었지만 결코 이유가 그것만은 아니었다.

수시로 바뀌던 양 도사의 얼굴에서 엿보이던 인간 군상

의 모습.

일상생활에서도 그따위의 관상 교육은 계속되었다.

밥 먹기 전에는 고약한 영감의 모습이요, 먹고 나면 신선의 모습으로 바뀌었다.

할 일 없고 심심하면 고약한 놀부의 낯이 되고 뭔가 기분이 좋으면 인심 좋은 이웃의 모습이 되었다.

도통 갈피를 잡을 수 없었던 양 도사의 모습에서 한 사람이 얼마나 많은 관상을 갖고 있는지 여실히 깨닫게 되었다.

묏자리만 해도 그렇다.

거의 매일 산천을 헤매고 미친개처럼 뛰어다니다 보니 자연스럽게 땅의 기운을 감지하게 되었다.

게다가 선천태극오행기공까지 수련하고 난 뒤에는 그 기운을 느끼는 농도가 진해지고 더 섬세해졌다.

"그런데 오늘 어떤 분들이 오시는 겁니까?"

아직까지도 오늘 라운딩에 누가 오는지 모르고 있었다.

"강 군도 보면 알 거야. 내가 약속을 저버리지 않고 나올 정도면 재계의 거물들 아니겠나."

살짝 언질을 주긴 했었지만 유병철 회장 정도의 레벨이라면 금방 리스트가 짐작되었다.

"그런 자리에 감히 제가 끼어도 되는 건지 모르겠습니다, 회장님."

"물론이지!"

유병철 회장은 약간 난처한 표정을 짓는 나를 향해 단호하게 대답했다.

"재계 총수들만 오는 자리는 아닐세. 각자 파트너로 네 명의 선수가 함께 올 걸세. 오늘 내 파트너는 강 군일세."

'헐, 그런 거였군.'

"제가 그만한 자격이… 있겠습니까."

사람이 예의를 알아야 한다고 했다.

이 또한 양 도사 밑에서 배운 바다.

배우기는 천하의 사기꾼 같은 스승에게 배워, 쓰기는 재계 총수 유병철 회장에게 쓰고 있으니 아이러니한 일이다.

과연 나의 무엇을 믿고 골퍼들을 파트너로 대동하고 온다는 총수들의 라운딩에 데려왔는지는 알 수 없다.

그러나 이미 예린이의 마지막 말에서 느꼈듯이 제법 승부욕을 자극하는 게임인 것은 분명하다.

그것도 재계 총수들과의 라운딩.

이런 자리에 변변하게 내세울 경력 하나 없는 나를 데리고 온 유병철 회장.

분명 게임의 승패를 떠나 나에게 뭔가 보여주고 싶었던 게 있을 것으로 생각되었다.

내 생각일 뿐이지만 유병철 회장의 그 넓은 배포는 저택에 머무는 며칠 동안 충분히 확인한 바였다.

"회장님!"

"뭔가, 최 비서."

운전을 맡아 하고 온 비서실 소속 직원 최 비서가 휴게실로 들어와 유 회장을 조용히 불렀다.

"세 분 어른께서 로비로 들어오고 계시답니다."

본래 유병철 회장이 한 번 움직일 때 운전기사를 비롯해 비서실 직원 두 명, 그리고 보디가드가 따로 네 명이 따라다녔다.

많다고 볼 수는 없는 인원이었지만 오늘은 최소 인원으로 움직인 만큼 임무가 어색할 수도 있을 것이다.

"그래? 그럼 나가봐야지."

그륵.

최 비서의 안내로 자리에서 일어난 유병철 회장.

"강 군, 도시락은 놔두게. 장 비서한테 말하면 알아서 할 걸세."

"알겠습니다, 회장님."

"그리고 강 군은 나와 함께 가지."

"넵!"

저벅저벅.

클럽하우스 2층에 자리한 휴게실을 벗어나 1층으로 향하는 계단을 내려갔다.

'프로 골퍼들이 동행했을 가능성이 크겠군.'

사실 나로서는 오늘 유병철 회장과 라운딩을 하는 대기업 회장들보다 함께 온다는 파트너들이 더 궁금했다.

"하하, 이거 오늘 컨디션이 좋습니다. 다들 긴장들 좀 하셔야겠습니다."

"최 회장이 저리 자신만만하니 난 이 프로만 믿겠네."

"예, 회장님. 최선을 다하겠습니다."

다른 건 모르겠고 분명한 것은 대기업 회장들의 라운딩 모임이다.

보통 10분에 한 타임씩 내보내는 게 상식이지만 오늘 라운딩은 앞뒤 두 시간 텀을 두고 스케줄이 예약된 상태였다.

주말임에도 휴게실에 인적이 없었던 이유가 다 거기 있었다.

2층 휴게소뿐만 아니라 클럽 하우스 로비에도 인적이 거의 없었다.

그런 가운데 클럽하우스 홀에서 기운이 넘치는 남성들의 음성이 울려왔다.

"오늘 반드시 이겨보세."

유병철 회장이 조용히 말을 건넸다.

혼자가 아니라는 사실이 잠자던 사자의 호승심을 깨운

듯했다.

"예, 꼭 그렇게 하겠습니다."

"하하하, 꼭 그렇게 해주게. 내 그럼 자네가 원하는 거 하나는 시원하게 들어줌세."

'오예~'

"별말씀을 다 하십니다. 감사합니다."

갑작스럽게 약속되는 또 하나의 선물.

유병철 회장도 어쩔 수 없는 세상의 남자였다.

기분이 좋으면 지갑이든 마음이든 열리게 돼 있는 게 남자들의 어쩔 수 없는 심리가 아니겠는가.

오늘 이 자리도 내가 접대해야 할 자리는 아니니 을의 역할을 할 필요도 없을 것이다.

톡 까놓고 작은 땅덩어리 대한민국에서 서로 겹치기 사업을 하고 있는 분들이 한곳에 모여 피 튀기며 한 게임하는 자리 정도.

그렇다면 패하는 것보다 승리를 맛보는 게 더 기쁘지 않겠는가.

"유 회장님은 어디 계시는 거야?"

홀에 모여 있던 중년 신사 중 한 분이 유병철 회장을 찾았다.

"하하하, 저 여기 있습니다그려."

저벅저벅.

곡선형 계단을 타고 내려가며 유병철 회장이 큰 목소리로 자신의 존재감을 드러냈다.

파바밧.

'오오~ 이거 재미있겠는데.'

단지 유병철 회장이 인사를 받아 말을 건넸을 뿐인데 순식간에 홀 안의 공기가 팽팽하게 긴장감을 탔다.

만면에 웃음을 가득 머금고 서로를 찾고 대답했지만 이미 음색에 담긴 기운은 공간을 진동시켰다.

거의 장수들이 결투를 앞두고 예의를 차리는 것과 비슷했다.

"일찍 오셨습니다~"

"오랜만에 갖는 자리인데 늦을 수야 없지요."

"건강해 보이십니다, 유 회장님."

"하하하, 그렇습니까. 최 회장님도 청년 못지않습니다. 기운이 팔팔하십니다."

"최 회장님은 이팔청춘 아니시겠습니까! 하하하하."

"으허허허, 그렇게 보입니까. 다 여러 회장님 덕분입니다. 특히 유 회장님은 저희 메모리를 구입해 주셨지 않습니까."

"다 같이 살자고 하는 일 아닙니까. 에스칼 반도체가 오성제품과 거의 차이가 없고요."

"무슨 그런 과찬의 말씀을요. 회장님이 잘 봐주셔서 그렇지요. 어떻게 에스칼 전자가 감히 세계 1위 기업인 오성전자와 나란히 설 수 있겠습니까."

"이거 이거 오늘 너무 띄워주는 것 아니오? 하하하하."

'저 양반이 그 재수탱이의 아버지군.'

에스칼 기업의 대표로 짐작되는 최 회장이라는 사람.

내 기억이 정확하다면 서울대에서 마주쳤던 남학생.

파란 스포츠카를 타고 예린이에게 수작을 걸던 선배 최문혁의 아버지다.

최문혁이라는 자도 인상이 뭣 같아 기억에 확실히 남았는데 최 회장이라는 분도 만만치 않았다.

예린이에게 들은 바로는 최문혁이 에스칼그룹의 차기 후계자라고 했다.

그놈의 신상을 듣고 대략 에스칼그룹의 미래가 심히 걱정되기도 했었다.

'부자가 똑 닮았군. 저 양반도 빤하겠어.'

최문혁의 부친 최태동 회장.

외모는 최문혁이 그런 것처럼 준수해 보였지만 눈빛이 탁했다.

게다가 몸에서 풍기는 탁기 또한 쩔었다.

걸걸하니 처음부터 말이 많은 것도 나머지 회장 분들에게 밀리는 태도.

풍기는 포스 또한 가장 밀리는 것으로 보였다.

입으로는 유병철 회장에 대해 띄워주는 듯한 언사를 펼쳤지만 속내는 그렇지 않았다.

차라리 대기업 총수들 모임이 아니라 장사꾼들 모임에 나갔어야 어울릴 것 같은 인물이다.

'유재명 상무는 완전 급이 다르군.'

각자 자신의 아들을 차기 후계자로 점찍고 교육하고 있을 회장들.

유병철 회장이 유재명 상무를 걱정하는 것은 아무것도 아니었다.

최문혁이 같은 자도 한 기업의 다음 후계자로 이름을 올릴 정도라면 유재명 상무는 탁월한 후계자감으로 생각될 정도였다.

언뜻 우울해 보이기는 하지만 최문혁처럼 치사하고 음흉하지는 않았다.

정재계 부유층에서는 가능하지 않을 로맨스를 감행할 정도로 순수하고 열정적인 유재명 상무.

물론 그들의 세계에서는 손가락질을 당할 일일지도 모른다.

집안 집사와의 열애.

최문혁이 나를 쩨리던 그 눈빛을 잊지 않았다.

그 눈빛은 예린이를 먹잇감으로 점찍었는데 불청객이 옆에 있자 불쾌감을 드러내는 눈빛이었다.

각 기업의 총수들은 만면에 웃음을 띠고 덕담을 나누며 안부를 물었다.

'으으, 어떻게 저렇듯 능글능글 아무렇지 않게 인사들을……'

모두 속에 늙은 구렁이를 수백 마리씩 품고 있는 분들이었다.

설악산에서 귀신들까지 호령하던 양 도사에 비하면 거인 발의 때 정도의 능구렁이 수준.

그러나 눈치와 귀계, 암투와 정공을 현장에서 갈고닦은 각 기업의 사령관들임은 분명했다.

저들의 손에 정치권을 비롯 검찰, 경찰, 언론들을 하나로 엮는 밧줄이 존재하는 것이다.

듣기 좋은 말로는 인맥이지만 결국 서로가 서로를 밀고 당기는 데 쓰는 정재계를 움직이는 돈줄.

'응?'

잠시 뒤 몇몇 인물이 홀로 들어섰다.

회장님들을 따라온 사람들이었다.

골프백을 들고 온 사람들은 수행비서들과 경호원들.

그 밖에 몇몇 인물이 존재감을 드러내며 눈에 들어왔다.

골프웨어 차림으로 회장님보다 한 걸음 뒤쪽에 말없이 선 이들.

유병철 회장이 말했던 동반 라운딩할 회장님들의 파트너 프로들이었다.

씨익.

입가에 기분 좋게 번지는 짓궂은 미소.

'어라~ 이게 누구야.'

예상치 못한 인물이 눈에 띄었다.

임준성.

그였다.

한국 고등학교 재학시절 임혁필 코치를 따라 필드에 나갔을 때 제대로 인연을 맺은 임준성.

나름 임 코치를 물 먹이겠다고 들이대다 되레 짠물만 몇 바가지 퍼마셨던 자였다.

얼마 전 스포츠 웹 뉴스를 통해 본 바로는 프로로 전향해 제법 잘나가고 있다는 소식을 접했다.

성적 또한 좋다고 했던 임준성에 관한 평가.

옆에 함께 동반한 프로들과 얘기를 나누고 있었다.

스윽.

그때 나의 시선이 느껴진 듯 얼굴을 돌리는 임준성.

이상한 낌새를 느끼긴 한 모양이었다.

"……!!!"

'그럼 그렇지. 놀랬냐, 자식.'

임준성은 나와 눈이 마주치자 갑자기 동공이 확 열렸다.

그리고 검은 눈동자가 눈에 띄게 흔들렸다.

파르르르.

마치 작은 공이 요란한 소리를 내는 듯 눈알 떨리는 소리가 나의 귓가에 들리는 듯한 착각이 들 정도였다.

'어이~ 반가워!'

휙휙.

나는 자연스럽게 미소 지은 채 오랜 친구를 다시 만난 듯 정겹게(?) 손을 흔들어 보였다.

와득.

하지만 임준성의 인사는 눈썹을 일그러뜨리는 것으로 돌아왔다.

게다가 입안에 썩은 껌이라도 넣은 듯 인상을 썼다.

떠올리고 싶지 않아도 나비효과가 일어나고 있을 임준성의 심리.

나에게 개쪽 당했던 과거의 일이 이미 임준성을 흔들고

있었다.

'심보는 그대로군.'

아무리 사람이 변하면 못쓴다고 해도 임준성 같은 인물은 좀 변해주는 게 사회에 이바지하는 것이다.

그러나 임준성은 그때나 지금이나 변한 게 없어 보였다.

척 봐도 감추지 못하고 풀풀 풍기고 있는 고약한 심보.

임준성 주변에 걸쳐진 기운은 나를 잡아먹지 못해 안달이 나 있음을 짐작하고도 남았다.

색을 입히자면 검은 기운이 뭉실뭉실 피어오르고 있었다.

'너 그래 봐야 손해다! 3년이나 지났는데 아직도 저 모양이야.'

오늘 게임은 안 봐도 뻔할 것 같았다.

크게 변수만 있지 않다면 말이다.

"자! 그럼 남은 얘기는 한판 땡기면서들 합시다."

"그럽시다. 오늘 룰은 지난번 라운딩 때와 같은 패턴으로 합시다."

"그게 좋겠습니다. 오늘 이 사람이 지갑을 두둑하게 채워왔으니 두려울 게 없습니다."

남자들이 모이는 자리에 내기 없는 게임이 빠지지 않는다고 하더니 이분들도 예외는 아니었다.

아무리 재계 총수라 해도 남자는 남자.

"아, 그런데 유 회장님, 못 보던 청년입니다."

"그래요. 여기 있는 프로들과 달리 처음 보는 프로 같은데……."

얼굴이 둥글둥글하고 도톰하게 살이 올라 있는 인물이 나를 두고 유병철 회장에게 물었다.

"낯이 무척 익습니다."

에스칼그룹의 최 회장 말고도 몇몇 회장 모두 나도 익히 얼굴을 알고 있는 사람들이었다.

그들 모두가 유병철 회장의 말대로 대한민국의 대표 재계 총수들이었다.

그중에서도 연대그룹의 정몽군 회장.

신문이나 텔레비전에서 보았던 때와 달리 얼굴에 살이 많고 통뼈인 데다 육십대 중반임에도 불구하고 짱짱해 보였다.

목소리도 걸걸하고 눈도 화등잔만 했다.

전쟁이 성행하던 시절에 났으면 큰 군대를 이끌어 전쟁터를 휩쓸었을 장군감 정도로 보였다.

그리고 정몽군 회장 옆에 있는 멋진 중년 신사의 품격이 느껴지는 엘자그룹의 구본동 회장.

날렵한 몸매에 관리를 잘한 듯 가장 멋스러운 체격 조건을 유지하고 있었다.

차분하면서도 품위 있는 카리스마가 은연중 묻어났다.

하루가 멀다 하고 신문과 브라운관 인터넷 뉴스를 장식했던 대기업 총수들.

일반 국민들은 실제로 한자리에서 이들 모두를 본다는 게 힘들 것이다.

나 역시 유병철 회장이 중간에 없었다면 재계 총수들과 한자리에 있을 수 없었을 테니까 말이다.

내로라하는 기업 총수들이 번갈아가며 호기심 가득한 눈빛으로 나를 주목했다.

"아하, 그렇군요. 내 중요한 사람을 소개하는 것을 잊었습니다."

유병철 회장이 나를 손짓으로 당겨 불렀다.

"자! 강 군, 인사드리게. 이 친구는 오늘 나를 도와줄 청년입니다."

모두의 시선이 일제히 나에게 쏠렸다.

'멀지 않은 미래 나의 물주님들이시군.'

오늘내일 나의 아메리카 드림은 이루어질 것이다.

그리고 곧 나의 꽃피는 봄날이 도래할 테고 말이다.

스포츠 스타들이 명성을 얻게 되면 자연스럽게 걷게 되는 광고계의 바람 길.

그때가 되면 나와 한두 편 광고를 찍자고 덤벼들 물주님들.

"처음 뵙겠습니다. 강민이라고 합니다."

나는 깊숙이 고개를 숙여 인사를 했다.

"어~ 그래그래, 그 강민이었군."

"강민? 그러고 보니 그렇군. 아니 이런 일이……."

"오! 어디서 본 듯한 얼굴이다 했더니 그 강민이었군그래."

짐작은 하고 있었지만 확신할 수 없었던 듯 회장들은 일제히 나를 알은체했다.

하긴 3년 전 전국을 떠들썩하게 뒤집어놓았던 내가 아니었던가.

그랬던 나의 이름은 각종 언론을 통해 전국 방방곳곳으로 퍼져 나갔다.

그리고 섬 집 아기부터 섬 개새끼까지도 내 이름과 얼굴을 알 정도였으니 말해 뭐하겠는가.

아직도 나의 이름을 기억하는 것은 어쩌면 당연한지도 모른다.

'앞으로도 꼭 기억해 주십시오.'

지난 시절보다 나에게는 앞으로가 더욱 중요했다.

더 자주 나의 이름은 여러 사람의 입에서 회자될 것이고 이렇게 만나기는 더 어려워질 것이다.

'어머니 나를 낳으시고 아버지 나의 이름을 지으신
바······.'

나는 속으로 부모님께 감사를 드렸다.

대한민국을 대표하는 재계 총수들의 입에서 하나같이 나
의 이름이 불려지고 있는 이 순간.

왠지 좋은 일이 무에서 유를 창조하듯 팍팍 일어날 것 같
은 기분이 들었다.

더할 나위 없이 맑은 오늘.

내 청춘은 매우 맑음이다.

제3장
바람의 맛

'저 자식이!'

으득.

예기치 못한 자리에서 마주친 강민.

임준성은 순간 당황했다.

그러나 이내 이를 갈았다.

강민에게 당했던 3년 전의 일이 주마등처럼 눈앞을 스쳤다.

당시 겪었던 수모뿐만 아니라 아버지 임달수가 조직과 함께 입었던 피해는 상상을 초월했다.

비릿한 미소를 짓고 있는 건방진 강민을 향해 당장 골프채를 휘두르고 싶은 심정을 꾹꾹 눌렀다.

그것뿐만이 아니었다.

그간 프로로 입문하기 위해 갈고닦은 임준성의 골프 인생에 똥물을 끼얹었다.

골프에 관한 한 그 누구에게도 지고 싶지 않았던 임준성의 자존심.

싸그리 찌그러뜨렸던 자식이다.

아버지가 운영하는 달수파를 비롯해 여러 조직이 자존심을 걸고까지 강민 사냥에 나섰다.

그간 없었던 일로 여러 의뢰가 한꺼번에 쏟아져 그야말로 인간 사냥 시즌을 연상케 할 정도였다.

인천을 관할하고 있는 아버지의 조직.

달수파가 호기롭게 나섰다가 보기 좋게 당하고 말았다.

북쪽에서 남파해 온 자들을 썼다가 간첩비호 조직으로 낙인 찍히면서 중간 보스 격의 두목들이 무작위로 잡혀 들어갔다.

휘하에 있는 조직원들이 동요했다.

하지만 그간 아버지가 운영해 온 조직 강령 덕에 그나마 버텨냈다.

시간은 무정하게 흘러갔다.

달수파를 재건하기 위해 아버지는 3년이라는 시간을 쏟아부었다.

최근에야 다시 과거의 명성을 되찾아가고 있었다.

그런데.

놈이 눈앞에 나타났다.

그것도 오성그룹 총수 유병철 회장 옆에 붙어서.

세상 부러울 것 없고 무서울 것도 없는 오성그룹의 머리.

"오오~! 그 친구가 맞군. 영웅이 아닌가. 언젠가 실종이 됐다는 기사를 언뜻 본 것 같네만. 당시 우리 광고팀 쪽에서 자네를 섭외하려고 고생깨나 했다네."

연대그룹 정몽군 회장이 반색을 하며 강민을 반겼다.

"하하하, 만나서 반갑군. 그간 어떻게 지냈나. 나도 한번 만나보고 싶었는데 말일세."

아니나 다를까, 평소 말을 아끼기로 소문이 자자한 엘자그룹 구본동 회장까지 만면에 웃음을 띠며 손을 내밀었다.

"아, 이거 서운합니다. 어찌 저보다 우리 강 군을 더 반기는 것 같습니다."

유병철 회장이 강민의 어깨를 두들기며 웃음을 흘렸다.

"사실 제 막내 여식의 친구됩니다. 그간 설악산에서 도를 닦다가 며칠 전에야 하산을 했지요."

"도? 호오~ 지금 같은 세상에도 그런 것을 하는 사람이 있습니까?"

"어허허허허, 젊은 친구가 났군 났어. 그러니 영웅 소리를 듣는 게지."

그룹 총수들은 강민을 가운데 두고 호기심 가득한 시선들을 보냈다.

"강 군, 만나서 반갑네. 악수 한번 하세. 나 에스칼 최태동이네."

최 회장이 굵은 손을 강민에게 내밀었다.

"아드님과 안면이 있습니다. 어쩐지 포스가 남다르다고 느꼈는데 회장님을 닮은 것 같습니다."

"아들?"

"네, 며칠 전 서울대에 갔다가 예린이가 선배라고 하며……."

"으허허허, 그랬군. 우리 문혁이와는 그렇게 만났군. 그렇지, 그 녀석이 나를 많이 닮긴 닮았어. 젊은 친구가 보는 눈이 있군그래."

분명 강민의 얼굴에 번지는 웃음은 비웃음이다.

그런 것도 모르고 좋다고 웃어 재끼는 최태동 회장 모습에 임준성의 인상은 더 찌그러졌다.

달수파에서 대원그룹 다음으로 공을 들이고 있는 에스칼 그룹.

겉으로 보기에는 호탕하고 젊어서부터 외모가 준수하지만 속은 전혀 그렇지 않은 인물이다.

기본적으로 회삿돈 횡령하는 데는 전문에 기분파로 전형적인 한탕주의자다.

최태동 회장은 자사에서 일 년에 몇천억씩 이익을 남기고 있었다.

그러나 외국 펀드와 주식 투자로 역시 수천억을 날려 먹고 있다.

기업인들 사이에서 어지간한 이들은 다 알고 있는 사실.

그럼에도 기업을 유지할 수 있는 건 선대부터 쌓아온 인맥과 전 정권의 비호가 있기 때문이다.

여전히 현 정권에서까지 호가호식하고 있는 기업인 중 대표적 인물이다.

현 정부가 들어서면서 살짝 삐걱거렸지만 갖고 있는 것이 돈줄인 만큼 과거와 입장이 달라질 것은 많아 보이지 않았다.

"그런데 자네, 골프도 친단 말인가?"

모든 방면에 호기심을 보이기로 유명한 정몽군 회장이 강민에게 물었다.

"이거 유 회장님, 여기 모인 프로들이 섭섭할 실력은 아니겠지요?"

"하하하, 저도 그것은 장담할 수가 없겠습니다. 3년 전에 강 군이 제법 친다는 소리를 들은 기억이 있어 동반을 청하긴 했지만……."

"아니, 그럼 오늘도 승패에는 전혀 관심이 없으신 겁니까?"

"아아, 설마 그러겠습니까. 요즘 강 군이 저희 집에 머물고 있습니다. 같이 며칠 지내다 보니 젊은 친구가 꽤 미래가 유망해 보여 여러 회장님들께 인사라도 시켜볼까 하고 겸사겸사 데려왔습니다."

"어허~ 이거 사윗감을 너무 일찍 소개하는 것은 아닙니까?"

유병철 회장의 말을 듣고 있던 정몽군 회장이 슬쩍 농담을 던졌다.

대놓고 사람을 쉽게 신임하지 않기로 유명한 유병철 회장.

그런 그가 지금 여러 회장들 앞에서 하는 말은 그야말로 파격적인 발언이 아닐 수 없다.

겉으로는 별 반응들을 보이고 있지는 않지만 회장들 모두 내심 놀라고 있었다.

자칫 말이 조금만 더 보태져도 그룹 후계자를 거론할 수 있을 정도의 호의가 담겨 있는 것은 여기 모인 모두가 느낄 정도였다.

"하하하, 아직은 아닙니다만, 세상일은 모르는 것이니 이런저런 일이 있을 수도 있지 않겠습니까."

유병철 회장의 시선이 강민에게 향했다.

주변에 있는 사람들 눈에 대놓고 강민을 총애하고 있는 유병철 회장의 모습이 훤히 다 보일 정도였다.

처음에는 그냥 세상을 좀 떠들썩하게 했던 한 젊은 친구를 보던 눈에서 호기심 가득한 시선들로 바뀌었다.

그만큼 강민을 눈여겨보기 시작했다는 의미였다.

강민과 유병철 회장을 번갈아보던 회장들의 안색이 변했다 다시 돌아왔다.

이미 강민의 가치를 재고 있다는 뜻이었다.

"자네, 자신 있는가?"

승부욕이 강한 최태동 회장이 입을 열었다.

유병철 회장의 말에 심기가 불편해진 그가 강민의 눈을 바라보며 살짝 떠보는 것이다.

하지만 이미 얼굴에 임준성도 알아볼 만큼 불편한 기색이 역력한 상태.

대략 짐작이 가는 대목이 있었다.

달수파에서 접수한 기업인들에 관한 정보에 의하면 유병철 회장의 막내딸 유예린이 걸린 문제다.

몇 년 전 인수한 반도체 제조업체를 반석에 올려놓기 위한 계획을 추진 중인 최태동 회장.

그 발판으로 유병철 회장의 막내딸 유예린을 며느리로 점찍고 기회를 노리고 있는 중이다.

그런데 그 일이 틀어지게 생겼다.

유병철 회장이 농담처럼 던진 말에 걸려든 것이다.

강민을 사윗감으로 보고 있지는 않지만 정해진 것은 없다는 불편한 진실.

"설악산에서 며칠 전에 내려왔습니다. 골프채도 3년 만에 처음 잡는 것이고요. 많이 부족할 겁니다. 아량을 베풀어주실 것을 부탁드립니다, 여러 회장님들."

'재수없는 자식. 그러면 그렇지.'

임준성은 독사 같은 눈빛을 흘렸다.

절대 만만하게 봐서는 안 될 놈임을 임준성만큼 잘 아는 사람도 여기에는 없었다.

그럴싸한 인사치례를 하는 강민을 살기 가득한 눈빛으로 노려보았다.

갖은 미사여구로 사람을 홀리고 순진한 얼굴을 하고 뒤통수를 치는 놈이다.

3년 전 임혁필 코치를 따라왔을 때도 저런 식이었다.

분명 처음 머리를 올리러 왔다고 했던 놈이 바로 강민.

하지면 결과는 임준성을 비롯 현직 프로 골퍼를 그 자리에서 개박살 내고 뭉갰다.

"그럼 설악산에 뭘 한 건가. 정말 영화 같은 데서처럼 큰 도사 휘하에서 도를 배웠다는 말인가?"

여전히 호기심을 거두지 못하는 정몽군 회장.

"궁금허이. 하늘을 날고 뭐 바위를 손 한 번 움직여 옮기고 그런 것을 배운 것인가?"

분위기가 묘하게 흘러가고 있었다.

골프 회동의 목적은 흐려지고 강민에 대한 호기심만 증폭되고 있었다.

식탐도 많고 여자도 많은 정몽군 회장.

그 정열만큼이나 궁금한 것도 많았다.

전혀 연대그룹과 같은 대기업 총수라고 보기 어려운 어리숙한 질문들을 연달아 던졌다.

어린애들이나 궁금해할 만한 유치한 질문.

임준성은 인상을 찌푸렸다.

강민에 대한 존재를 부정하고 싶었지만 자신도 모르게 긴장을 하고 있었다.

지난 과거를 떠오르게 하는 말들이 여러 회장의 질문들을 통해 임준성의 머릿속에서 재현되고 있었다.

3년 전 인천 부둣가에서 일어났던 사건.

그것도 아버지의 나와바리에서 속수무책으로 당한 달수파의 치욕스러운 밤.

달수파가 자랑하는 1급 조직원들이 무참히 밟혔다.

그 배후에 하늘을 날았다는 도사가 있었다.

한 사람이 아니었다.

기괴한 무력을 행사하던 또 한 사람.

언론을 통해 알려진 것보다 더 난폭하고 잔인했던 자들은 분명 늙은 영감들이었다.

그들이 바로 도사라는 자들.

그날 밤 진실에 대해 임준성은 너무 잘 알고 있었다.

"아~ 닙니다. 그런 말도 안 되는 일이요. 요즘 세상에 장풍 쏘고 하늘을 날면 텔레비전에 나와서 떼돈을 벌었겠지요."

강민은 과하게 손사래를 치며 완강하게 부인했다.

"저의 스승님은 그냥 평범한 분이십니다. 약초나 약술을 제조하는 심마니과 전공으로 그 방면에 재능이 좀 탁월하신 분이긴 하지만 회장님들께서 생각하시는 도술 쪽과는 영~ 거리가 멉니다."

"그런가?"

"그러게 말입니다, 정 회장님. 강 군 말따나 요즘 세상에 그런 자들이 어디 있겠습니다. 이 모든 게 다 영화 같은 것들 때문에 더 요란을 떠는 환상입니다, 환상!"

가만히 뱀눈을 하고 살피던 최태동 회장이 강민을 거들었다.

"약술이 참 좋았습니다. 강 군이 설악산에서 하산할 때 가져온 술이 있는데 한잔했지요. 거 청춘을 되찾은 기분이었습니다."

유병철 회장이 끼어들었다.

"백초건강만세주였던가? 이름이 참으로 희귀해 제가 정확하게 기억합니다. 어떠십니까. 이름에서부터 뭔가 느껴지지 않으십니까들. 하하하하."

다른 때 같지 않게 유병철 회장의 목소리에서 힘이 느껴졌다.

정 회장을 비롯해 모두의 귀가 쫑긋 유병철 회장의 말에 쏠렸다.

"오! 그게 정말입니까? 강 군, 그 백초건강만세주를 나도 맛볼 기회가 있겠는가?"

몸에 좋다는 것에 절대 빠질 리 없는 정몽군 회장이 적극 나섰다.

나이가 육십대 중반에 접어들었지만 평소에 얼마나 관리를 해대는지 사십대 중년 정도로 착각할 만한 외모였다.

게다가 유병철 회장의 청춘을 되찾은 기분이었다는 말에

얼굴까지 불콰하게 달아오르며 흥분을 감추지 못했다.

평소에도 이것저것 몸에 좋다는 것들은 알아서 챙겨 먹는 대기업 총수들.

산삼이나 보약은 기본이다.

유병철 회장이 대놓고 칭찬을 할 정도라면 믿을 만하다는 소리였다.

그러니 정몽군 회장이 입맛을 다실 수밖에.

"이를 어떡하죠……. 죄송합니다. 지금은 없습니다. 친구 집에 방문하면서 친구 아버님께 인사로 드린 약술이 전부입니다."

"없어? …아쉽네그려."

"강 군, 혹시 설악산 스승님께서 갖고 계신 술이 더 있는가?"

강민이 갖고 있는 게 없다고 하자 유병철 회장이 정몽군 회장을 대신해 물었다.

"그게, 있긴 있습니다만, 약성이 차려면 더 묵혀야 하는 것으로 알고 있습니다. 단기간에 약성을 볼 수 있는 술들이 아니다 보니 더 그렇습니다. 설악산 정기까지 담아 오색혈토가 묻힌 터인 천하명당에서 지기를 흠뻑 빨아 마셔야 그래도 좀 쓸 만한 약성을 기대할 수 있기 때문입니다."

"오오오! 명당 자리에서? 그럼 다음에는 내 것도 꼭 좀 구해다 주게. 요즘 들어 영~ 기가 허해서 감기도 자주 걸리고……."

엄살까지 떨며 호기심을 거두지 못하는 정몽군 회장.

연대그룹 선대 회장인 정만석도 지금 정몽군 회장과 크게 다르지 않았었다.

몸에 좋은 것이 있다면 전국 팔도를 넘어 천하를 뒤져서라도 기필코 마셔야 직성이 풀렸다.

"알겠습니다. 다음에 기회가 되면 꼭 정기 팍팍 든 놈으로 한 병 들고 찾아뵙겠습니다."

"고맙네! 꼭 한번 찾아오게. 반드시 말일세!"

다른 그 무엇보다 건강 얘기라면 사족을 못쓰는 정몽군 회장이 강하게 청했다.

"아아, 이거 그만들 하시고 이제 가보시지요. 저 푸른 초원이 부르는 소리가 귀에 쟁쟁합니다~"

정몽군 회장을 쳐다보며 조용히 미소만 짓고 있던 엘자그룹의 구본동 회장이 말을 돌렸다.

"그래요, 그럽시다. 가서 신나게 한판 휘둘러 봅시다."

젊은 시절 패기 넘치게 한가락 해온 호탕한 성격의 정몽군 회장.

성큼성큼 걸음을 옮기며 추임새를 넣었다.

프로 골퍼가 여럿 있었지만 으스대는 성격을 감추지는

않았다.

한두 번 재계 총수들과 동반 라운딩을 하는 게 아닌 프로 골퍼들이었다.

괜히 이런 자리에서 들었던 얘기를 섣불리 입방아에 올렸다가 쥐도 새도 모르게 명성을 잃게 될 수도 있는 문제.

그런 사실을 누구보다 잘 알고 있는 이들로서는 며느리 시집살이 3년 채우듯 듣는 족족 보는 족족 머릿속에서 지워야 했다.

또한 회장들 역시 골퍼들이 입단속을 어련히 할 거라고 생각하고 자신들의 본래 모습을 신랄하게 내보이는 것에 주저하지 않았다.

보기만 해도 가슴이 확 트이는 필드가 주는 짧은 시간의 자유.

아무리 정재계를 쥐락펴락하는 대기업 총수들이라 해도 이렇게 자유로운 공간에서의 시간을 매번 가질 수 있는 것은 아니었다.

시원함과 함께 누구의 시선도 신경 쓰지 않는 해탈감.

이런 시간을 맛보는 것에 만족하는 것은 회장들도 예외는 아니었다.

호화 골프 라운딩을 넘어 답답한 회의장을 돌며 시간을 보내던 이들에게 자연과 접할 수 있는 시간은 그렇게 많지가 않다.

세계 경쟁의 소용돌이에서 살아남아야 하는 기업 총수로서는 늘 긴장을 늦추지 말아야 하는 신분.

그들의 걷는 걸음이 그 어느 때보다 가벼워 보였다.

보통 잘나가는 중소기업 사장단들만 모여도 분위기는 매우 달랐다.

그들은 아직 혈기 왕성한 중년의 나이대가 많았다.

그러다 보니 가볍게 시작한 골프 회동이 본의 아니게 자존심 싸움으로까지 번져 거칠게 마무리되는 경우가 종종 있었다.

하지만 오늘은 대한민국 재계를 거머쥐고 있는 대기업 총수들의 회동.

이 정도 입지를 다지는 데에는 한두 가지 주의점이 있는 것이 아니다.

알아서 처신해야 하는 자리.

차라리 감출 것이 더 없었다.

공식적 스케줄에는 기업 총수들의 가벼운 골프 회동.

그러나 골프 게임은 안팎으로 집중 조명되지 않기 위한 핑계에 불과했다.

필드를 거닐며 이것저것 허심탄회하게 정보를 주고받는 자리인 것이다.

자박자박.

사박사박.

클럽 하우스 로비를 벗어나 밖으로 나가는 회장들의 뒷모습.

그들의 한 걸음 뒤쯤에 골프계에서는 익히 얼굴을 알린 프로 골퍼들이 따라 걸었다.

그리고 좀 더 거리를 두고 회장들을 경호해 온 경호원들이 사방에서 넓게 포진한 채 경계를 서며 걸었다.

단 한 명의 회장을 경호하는 자리가 아니다.

그들 각 개인이 운영하는 기업 산하에 수십만에서 수백만이 넘는 직원을 달고 있는 이들.

대한민국 경제를 움직이는 기업들을 경호하는 일인 것이다.

'다들 한 포스 하시는군.'

국내 유망한 기업들 중 가장 끗발 있는 일가의 총수들.

생긴 모습은 달랐지만 공통적으로 이들이 어떤 인물인지는 흘러나오는 포스가 말해주고 있었다.

묵직하게 흐르는 기운.

그들 스스로 말하지 않아도 알아서 조심할 수밖에 없었다.

보통 사람 중에도 기가 장난 아닌 사람들이 있다.

하지만 그런 사람들은 여기 모인 재계 총수들에 비하면 범부에 속했다.

내공을 다스려 운용하는 정도는 아니었지만 기업 일가를 이룬 거장들답게 주변 공기를 은연중 압도하고 있었다.

파밧.

'자식, 눈빛 드럽게 맘에 안 든단 말이야.'

다시 봐도 걸쩍지근한 눈빛을 보이고 있는 인물.

맑고 투명한 눈빛까지는 아니어도 척 봐서 탁기에 전 데다 살기까지 띠고 있는 시선은 그 누구의 눈빛이 되어도 불편한 것만은 사실이다.

엄연히 프로 골퍼가 돼서 이 자리에 함께했을 임준성.

회장들 뒤쪽에 서서 은근히 나에게 독기를 뿌리고 서 있었다.

기에 민감한 내가 임준성이 쏘아 보내는 찌릿찌릿한 신호를 놓칠 리 없다.

"올해는 좀 더 쏩시다. 바쁜데 우리 같은 늙은이들에게 시간을 내준 선수들 아닙니까. 화끈하게 후원하면 서로 좋지 않겠습니까."

앞으로 치고 나가며 걷던 정몽군 회장이 입을 열었다.

'후원… 이라. 내기를 거는 거군.'

어디를 가나 남자들 세계에서 내기를 빼면 재미없었다.

어느 바닥이든 순위 경쟁이 치열한 만큼 이런 사소한 자리에서도 경쟁심은 추진력의 한 형태로 유지되는 법.

유병철 회장도 나에게 직접 이겨달라고 부탁을 한 마당이니 만큼 더 말해 뭐하겠는가.

"하하하, 그렇게들 하시지요. 작년보다 좀 올려서 홀 당한 장씩 거는 것은 어떻습니까. 우승하는 선수에게 다 몰아주기로 합시다."

'한 장?'

오랜만에 귀에 쏙 들어오는 말이다.

3년 전 처음 한 장의 개념을 정립한 나다.

그간 잊고 지냈을 만큼 한 장의 개념은 나의 실생활과 거리가 멀어졌었다.

'얼마를 말하는 거지.'

과거에 제법 맛을 보았던 한 장.

거시기라는 말만큼이나 애매한 단 위다.

여기서는 얼마를 두고 하는 말인지 아직은 모르는 상황.

하지만 회장님들 입에서 나오는 말인 만큼 한 장은 최소 백만 원 이상의 단위를 넘을 거라는 생각이 지배적이었다.

"그래요, 그렇게들 하십시다. 내 이번에는 우승하는 팀 프로에게 연대 자동차에서 나오는 물건으로 한 대 쏘겠소이다. 원하는 것으로 말이오. 하하하."

'오오~ 이분들 스케일 장난 아니시네.'

연대그룹의 정몽군 회장이 자동차를 걸었다.

군침이 절로 돌았다.

예린이 덕에 빌려 타는 차보다 내 명의로 된 차가 한 대 생기는 것도 좋은 일.

그런 기회가 나에게 주어진다면 이 역시 행운이 아닐 수 없다.

비록 한국에 머무는 기간은 짧을지라도 말이다.

"그럼 저는 신상을 내놓겠습니다. 내일 출시되는 따끈따끈한 놈으로 말입니다. 하하하."

"하하하하, 그렇습니까. 뭘 내놓으실 겁니까."

유병철 회장이 신상을 내놓는다는 말에 엘자그룹의 구본동 회장이 물었다.

"최신형 스마트폰과 처음 선보이는 100인치 LED 티비를 한 대 내놓겠습니다!"

'스마트폰?'

아직 시간을 내지 못해 마련하지 못한 휴대폰이다.

자동차도 꼭 필요(?)했지만 핸드폰은 더욱 나에게 필요한 물건이다.

쏟아지는 선물 공세에 심장이 뛰었다.

"허허허, 그럼 가진 게 별로 없는 나는 무엇을 내놓는단 말입니까? 이것 참……."

유병철 회장이 두 가지를 내놓는다는 말에 엘자그룹 구본동 회장이 괜히 난처한 얼굴을 했다.

그리고 어색하게 웃음을 흘렸다.

은연중 기업 간의 자존심을 거는 경품 행사가 되고 있었다.

"그럼 우리 에스칼에서는 에스칼 통신 3년 무료 음성에 무제한 데이터 제공을 하겠습니다."

'이런이런……. 나를 가만히 두지 않으시는군.'

급기야 공짜 휴대폰에 공짜 통화까지 가능해지고 있었다.

가볍게 넘길 게임이 아니었다.

떨어지는 경품들이 우습게 볼 물건도 아닌 데다 나에게는 필히 필요한 것으로 구성되고 있었다.

게다가 단기 1년도 아니고 무려 3년 동안이나 무료로 핸드폰을 사용할 수 있는 기회다.

그 가격이 싼 것은 아니다.

그리고 나는 아메리카 드림을 꿈꾸며 곧 대한민국을 뜨게 된다.

해외 통화가 빈번해질 것을 감안할 때 수천만 원을 버는

효과를 볼 수도 있는 상황이다.

"이러면 되겠습니다. 선수들을 지원하는 좋은 취지이니 저는 엘자 정유에서 3년 동안 무료로 기름값을 지불하는 것으로 말입니다. 어떻습니까, 이 정도면!"

에스칼그룹의 최태동 회장이 저가 상품을 무료 3년 제공하는 것으로 경품을 구성하자 그에 질세라 엘자그룹 구본동 회장도 버금가는 경품을 내걸었다.

더할 나위 없는 구성들이다.

현물로 값을 따지자면 연대그룹의 정몽구 회장의 경품 구성이 가장 입맛을 당겼다.

하지만 나에게 맞춤한 다른 그룹에서 내놓는 상품들도 못지않은 구성이다.

국내에서 열리는 웬만한 골프 경기에서도 돈으로 환산해 이만한 상금을 얻는 것은 쉽지 않았다.

'배포들이 남다르시군.'

대기업 회장은 아무나 하는 게 아니었다.

생각보다 판이 커지고 있었다.

국내에서만 활동하는 프로들에게는 고만고만하게 느껴질 구성일 수 있었다.

그러나 나는 인(in) 아메리카를 곧 실행할 입장.

프로들 입장에서는 스폰 관계 때문에라도 재계 회장단들

과의 라운딩에 참석하고 싶어 안달이 날 것이다.

이 자리에 와 있는 프로들의 심장도 나만큼 뛰고 있을 터.

회장들이 내놓은 상금에 더해 보너스까지 쏟아져 나오고 눈빛들이 변했다.

"윤대룡 프로! 어때, 잘할 자신 있지?"

"최선을 다하겠습니다!"

"하하하, 그래 좋아. 난 윤 프로만 믿겠네."

연대그룹 정몽군 회장이 뒤에 서 있던 프로를 부추겼다.

대답하는 폼이 크게 자신 있는 것 같진 않았지만 고개를 꽉 숙여 보이며 남자답게 대답했다.

'이한송 프로군.'

윤대룡 프로와 이한송 프로의 얼굴은 낯이 익었다.

국내 프로 세계 명단에서 그나마 자주 언급되는 두 사람이었다.

윤대룡 프로는 체격 조건이 좋았다.

떡대 좋은 윤대룡 프로에 비해 몸이 가볍고 날렵해 이미지가 제비 같은 이한송 프로.

한국 고등학교 재학 시절인 3년 전에도 이들 두 사람은 국내 대회에서 상금 랭킹 순위권을 다투었다.

아직 젊은 데다 PGA에 도전한다는 소문이 파다했던 유망한 프로들.

"임 프로는 어때?"

"선배님들께서 워낙 쟁쟁하시니 떨립니다."

"하하하, 그럴 만도 해. 윤 프로와 이 프로의 실력이야 알아주니까 말이야. 하지만 걱정 말게. 난 꼴등만 면하면 되니까, 으허허허."

에스칼그룹의 최태동 회장이 임준성을 두고 꼴찌만 면하면 된다고 심리적으로 짐을 덜어주는 말을 했다.

욕심 같아서는 최태동 회장도 1등을 원할 것이다.

하지만 윤대룡 프로와 이한송 프로의 실력이 만만치 않다는 것은 엄연한 사실.

보이지 않는 자존심 싸움에서 살짝 뒤로 빠지는 것이다.

"강 군, 편하게 하자고."

유병철 회장이 나의 어깨를 툭툭 치며 한마디 건넸다.

처음 함께하는 자리인 만큼 마음을 편하게 가지라는 의미였다.

이미 우승을 염두에 두고 이기게 해 달라고 청을 넣은 유병철 회장.

'걱정 마십시오. 회장님 때문이 아니라 저를 위해서 우승할 겁니다.'

기필코 오늘 짱을 먹고 싶었다.

예린이 말대로 지난 회동에서 꼴등을 했다는 유병철 회장의 얼굴도 살려주고 말이다.

다른 회장들이 동반한 골퍼들이 프로인 만큼 유병철 회장으로서는 장담하기 쉽지 않은 게임.

그러나 유병철 회장 역시 내심 원하고 있을 우승이다.

"어서 오십시오."

필드 진입로에 다다르자 경호원을 포함해 라인딩에 사용될 카트가 무려 아홉 대나 대기 중이었다.

'호홀~ 역시 달라.'

많은 곳을 나가보지는 않았지만 확실히 차이가 있는 것이 하나 더 있었다.

캐디 누님들의 비주얼.

아무래도 장소가 장소인 데다 드나드는 인사들의 레벨을 생각해 볼 때 이 정도 비주얼은 기본 서비스에 속할 것이다.

거의 외모 위주로 채용을 한 듯한 캐디들의 스케일.

안 한 듯 깔끔하게 메이크업을 했다.

아이보리색의 유니폼을 일색으로 착용하고 네 명의 캐디가 각각의 카트 옆에서 대기하고 있었다.

우르르 다가가는 회장들을 보자 깊숙이 고개를 숙이며 인사를 했다.

"유 회장님. 긴히 할 말도 있고 나하고 같은 걸로 탑시다."

"아, 그럴까요. 알겠습니다."

카트를 나눠 타야 하는 순간에 연대그룹 정몽군 회장이 유병철 회장에게 러브콜을 보냈다.

기다리고 있던 경호원들이 각각의 카트에 골프백을 실어 놓은 상태.

각각 카트에 몸만 실으면 되었다.

"그럼 구 회장님은 저와 함께 이동하시지요."

거리가 길지 않은 짧은 구간이었지만 각자 카트로 이동했다.

회장들을 따라온 수행비서들 역시 남은 카트를 이용했다.

그리고 연대그룹 정몽군 회장의 파트너 윤대룡 프로와 내가 두 분 회장이 탄 카트에 동승했다.

'화기가 가득 차셨네.'

다른 분들보다 체격이 큰 정몽군 회장.

짧은 시간 지켜봤음에도 앞장서서 리드하는 것을 좋아했다.

성격이 급하다는 말이 되었다.

그런 만큼 화기가 상체에 몰려 있었고 더 들뜬 화기는 머리끝 정수리에서 일렁였다.

쉽게 말해 화병의 중기 정도로 짐작할 수 있는 상태.

자칫 열받는 일과 맞닥뜨렸다가는 앞날을 장담할 수 없는 처지였다.

초상 치를 수도 있다는 말이 된다.

"자네 소문은 한 번 들었네. 오늘 잘 부탁해."

삼십대 초반의 재능 있는 프로 윤대룡 선수.

똥씹은 얼굴로 나를 째리던 임준성과는 사뭇 다른 선배의 모습을 보여주었다.

"저야말로 잘 부탁합니다."

"부탁은 무슨. 임혁필 선배님이 자네 칭찬을 몇 번 했었지. 임 선배님 말로는 아주 대단한 물건이라고 하더군."

나는 윤대룡 선수를 다시 한 번 쳐다봤다.

"임 코치님을 아세요?"

"물론~ 나름 친분이 있는 선배님이시지."

'…….'

"아, 그렇군요."

이럴 때 대한민국이 참 좁다는 것을 실감하게 된다.

사돈에 팔촌의 인연이 아니어도 한 다리만 건너면 아는 사이가 돼버리는 관계.

"칭찬을 받을 만한 건 없는데… 다행입니다."

"빈말이 아니네. 정말 많이 하셨지. 그 내용이 좀 그렇지 만 말이야."

윤대룡 프로의 말투가 약간 이상해지는 것이 느껴졌다.

대놓고 누구 흉을 보는 성격도 아니지만 또 대놓고 누구 칭찬을 많~ 이 할 사람도 아닌 임혁필 코치.

게다가 임혁필 코치와 함께 있는 동안 칭찬 받을 만한 일 은 그렇게 많지 않았다는 사실.

"그게 무슨……."

"나는 솔직한 걸 좋아하지. 임혁필 코치님은 아주 좋은 사람이야. 역시 임 선배님도 나만큼 솔직하고 말이야."

뜸을 들이는 윤대룡 프로.

"총각 때 자네와 인연이 있었다더군. 그때 임 선배를 제 대로 털어 먹은 제자 중에 자네가 단연 최고였다고 했네. 어떤 것에든 최고가 된다는 건 기분 좋은 일 아니겠나?"

"…아."

'그럼 그렇지.'

어이가 없었다.

웃음기 하나 없는 얼굴에 무표정한 얼굴을 고수하며 눈 하나 깜짝하지 않고 그런 말을 전하는 윤대룡 프로.

역시 여러모로 프로다운 면모가 엿보였다.

임혁필 코치가 서영 누나와 잘돼 가정을 꾸렸어도 본래

성품이 하루아침에 달라졌을 리 만무했다.

"자네 실력이 꽤 대단하다지? 오늘 기대하지."

띄워주는 듯하면서 돌덩어리로 내리찍더니 이제는 실력 칭찬이다.

"그렇지도 않습니다. 3년 만에 처음으로 골프채를 잡는 날입니다."

나는 누가 치켜세우지 않아도 스스로 높아지는 것을 즐겼다.

"사실 이것도 유병철 회장님의 물건입니다."

"저, 정말인가?"

"제가 왜 거짓말을 하겠습니까."

아무리 프로에 입문에 실력을 자랑하는 선수라 해도 아무나 잡을 수 있는 클럽이 아님을 알고 있다.

프로라는 자격만 갖지 않았을 뿐 어느 프로가 부럽지 않았다.

"흐음……."

눈으로 보면서도 믿지 못하겠다는 듯한 윤대룡 프로.

또 골프를 치겠다는 사람이 3년 만에 처음 클럽을 잡는다고 하니 누가 믿겠는가.

그것도 내로라하는 기업인들의 골프 회동에 처음 얼굴을 내미는 내가 아닌가.

"뭣들 해! 어서 타지 않고!"

"넵."

여섯 명이 한꺼번에 탈 수 있는 6인용 카트에 앉아 연대 그룹 정몽군 회장이 손짓했다.

철썩.

순식간에 나머지 카트에 올라타는 이들.

"출발하겠습니다."

인원이 모두 해당 카트에 몸을 싣자 캐디들이 운전을 해 출발했다.

지이이잉.

전기자동차 특유의 저소음 모터 돌아가는 소리가 들렸다.

휘이이이잉.

그리고 한줄기 바람이 낮게 불어왔다.

'날씨 좋다.'

피부에 닿는 바람이 시원했다.

설악산에서야 공짜로도 허구한 날 불어재끼던 바람.

도심을 거쳐온 바람은 느낌이 달랐다.

바람에도 맛이 있다고나 할까.

먼 동해 바다를 지나 설악산으로 파고든 바람과는 좀 달랐다.

뭐랄까.

산중의 바람은 인내와 역경을 딛고 짭조름하게 숙성된 진한 바람이라면, 지금 불어오는 바람은 시간 들이고 관리한 비싼 땅을 훑고 온 돈바람 정도.

값을 매길 수 없는 자연의 바람과 인공의 도시를 지나온 바람.

그러나 바람은 언제나 기분 좋은 점만은 다르지 않았다.

제4장
오늘 하루는

카아앙!

"회장님! 나이스 샷!"

짝짝짝.

"하하하, 이거 쑥스럽습니다."

연배가 가장 어린 에스칼의 최태동 회장이 드라이버 샷을 호쾌하게 날렸다.

쫙 뻗어나가긴 했지만 기껏해야 200야드 안쪽.

그나마 자세가 다른 회장들에 비해 가장 안정돼 있었다.

"자~! 다음은 우리 프로들 솜씨 좀 봐야죠!"

위치가 위치인 만큼 서로 존대를 하긴 했지만 은연중 가장 나서기를 좋아하는 정몽군 회장이 말했다.

'역시 골프는 이 맛이야.'

필드에 들어서기 전과 들어온 후의 느낌은 천지 차이였다.

늘씬하게 빠진 드라이버를 옆에 차고 필드를 굽어보는 느낌.

그 마음은 왜군을 기다리는 이순신 장군이 느꼈을 법한 기개를 숫게 했다.

골퍼들이라면 누구나 희망하는 정확하고 호쾌한 롱타.

드라이버를 들고 첫 번 타를 달리기 전의 심정.

대부분의 골퍼들은 첫 타를 통해 그날의 운을 점쳤다.

휘익!

앞에 걷는 회장들과 프로들 뒤를 따라가며 3번 아이언을 휘둘러 보았다.

역시 손에 착 감기는 그립감이 기똥찼다.

찌릿하게 전신을 타고 오는 느낌이 제대로다.

'그래도 평타 정도는 치시는군.'

회장들 모두 435야드짜리 다이아몬드 1번 코스에서 대부분 200야드 근방까지 공을 날렸다.

하는 일이 만만치 않기도 하고 연세들도 있는 것을 감안하면 무난한 거리였다.

또 오늘처럼 간간이 시간을 맞춰 필드에 나오는 정도여서 더욱 그렇다.

나머지는 말 그대로 프로들의 몫.

'실수만 하지 않으면 무난하겠어.'

필드가 깔끔하고 시야가 넓어 실수를 범하지 않으면 파 세이브는 무난하게 잡을 수 있었다.

대신 모래 벙커가 양쪽으로 네 군데나 있어 그것만 조심하면 되었다.

프로들이야 장애로 받아들일 정도의 난코스는 아니었지만 문제는 회장들.

"그런데 정 회장님은 안색이 안 좋습니다. 무슨 문제라도 있습니까?"

드라이버를 캐디들에게 넘기고 필드를 걷는 회장들.

프로들은 앞서 걷는 회장들과 약 10미터 정도의 거리를 두고 따랐다.

으레 이런 형식으로 회장과 프로가 파트너로 라운딩을 해온 것으로 보였다.

보통은 앞서 걷는 회장들이 나누는 대화가 들리지 않는 거리.

그러나 청력이 보통 사람 이상으로 개발돼 있는 나에게

는 그들의 얘기가 정확하게 들려왔다.

"휴우~ 문제는 다들 아시잖습니까. 봄이 되었다고 춘투를 시작한답니다."

약간은 격앙된 듯한 정몽군 회장의 음성이 낮게 필드에 깔렸다.

"아니, 그 자식들은 양심도 없는 거요? 봄이라고 춘투, 가을이라고 추투, 여름 겨울에는 보너스까지 얹어 투쟁."

앞에서 무슨 얘기를 나누는지 알 길 없는 프로들은 조용히 잔디를 밟으며 따라갔다.

나 역시 아무것도 모르는 척 걸음의 속도를 맞췄다.

"밥 먹고 할 일 없으니 맨날 데모나 해대고 돌아버리겠습니다. 여러 회장님들도 다 아시겠지만 이제 그 정도 했으면 먹고살 만하지 않겠습니까? 세계적으로 경기가 위축돼 그렇지 않아도 심난한 시장 상황인데 말입니다."

어지간히 열이 나 있는 정몽군 회장.

저렇듯 화기가 가득 차 있으니 정수리 아우라가 그렇게 탁해 보였던 것이다.

"가뜩이나 차도 안 팔리고 안방마저 넘겨주고 있는 판에 기본급 인상에 보너스니 위로금이니. 대학 못 들어간 사원들 자녀들을 위해 개발비로 일인당 1,000만 원씩 내놓으랍니다."

무슨 얘기인가 했더니 한참 언론에서 뜨겁게 다루었던 연대그룹 노조 건으로 분통을 터뜨리고 있었다.

"막말로 얘기해서 제가 대학교 가지 말라고 한 것도 아니고 들어가기만 하면 학비도 무상 지원이 되는데 이거 말이나 되는 일입니까?"

뒤에까지 살짝살짝 몇 마디가 들려왔지만 꽤 큰 목소리를 화를 내며 걸고 있는 정몽군 회장.

'열 받을 만하시네.'

정몽군 회장이 제대로 열 받아 있는 내용을 나 역시 인터넷 뉴스를 통해 접했었다.

사실 그때 나도 연대그룹 노조를 다 이해하기 힘들었다.

여기저기서 세계 경기 침체를 우려하고 있는 게 현실.

게다가 잘나가는 세계 유명 자동차 메이커들이 국내 시장을 점유해 가는 속도가 급상승하고 있었다.

이렇게 문제가 많아진 데에는 연대그룹의 책임도 크다고 생각했다.

타 업체들보다 월등한 판매량을 자랑했던 연대그룹.

그러나 소비자들의 목소리에는 귀 기울이지 않고 해외 판매가와 제품에 차별을 두었다.

글로벌 시대를 따라가지 못한 연대그룹의 실수.

거의 매일 인터넷 뉴스를 도배할 때 낙수가 바윗돌을 뚫

듯 국민들의 원망이 하늘을 찌를 기세였다.

'비싸긴 하지.'

연대그룹에서 생산하는 자동차는 내가 생각해도 너무 비쌌다.

그러나 저렇게 열을 올리는 정몽군 회장의 입장을 누가 변호해 줄 것인가.

연대 자동차의 찻값이 하늘 무서운 줄 모르고 치솟는 데 지대한 공헌을 한 것이 바로 연대 노조인 것을.

대한민국 최고의 강성노조 단체.

신문에 대문짝만 하게 그들의 목소리가 올라왔다.

그럴 때마다 현장 상황을 모르는 나로서도 그건 아니다 싶은 생각이 들 정도였다.

사실 미국이나 중국 기타 나라에 연대 자동차 해외 지점이 나가 있다.

그곳 생산 라인 인력의 시간당 생산율은 국내 생산라인보다 훨씬 높다.

그건 정몽군 회장이 말하는 안방을 내주게 생겼다는 말과 통한다.

그럼에도 불구하고 연봉이나 사원들의 복지는 월등하게 높은 연대 자동차 정규직 인력들.

과거 노동력만을 취하고 인권은 무시되던 시절에는 분명

그만한 가치를 끌어냈던 노조였을 것이다.

그만큼 강성노조가 절대적으로 필요했고 저평가되던 인력에 대한 노동력 가치를 상승시키는 데 공을 세웠다.

그러나 잦은 파업을 벌이는 강성노조는 일반 국민들까지 불편하게 만들어 버렸다.

일반인들의 상식에 어긋나는 연대 노조는 말 그대로 귀족 노조의 전형적인 형태를 띠고 있었다.

그것은 이미 기업에게나 일반 국민들에게 있어 경제 흐름에 암적 존재처럼 인식될 만큼 기형적으로 성장해 있었다.

'회사가 망해 사라져 버리고 나면 알겠지.'

결국 내가 먹고살 수 있는 판이 사라져 버린 후에야 뒤늦은 후회를 하는 것이 사람이다.

누가 봐도 아니다 싶은 일은 일단 멈춘 후 다시 생각해 봐야 할 문제일 경우가 많다.

적당한 임금 인상과 성과급 지급 정도라면 사측과 잘 협의해서 충분히 이끌어낼 수 있는 문제일 것이다.

그러나 비정규직과의 엄청난 차이.

강성노조를 통해 연대 노조가 투쟁하는 이유에 비정규직 문제는 도외시되고 귀족 노조의 연봉을 높게 책정해 요구했다.

물론 맡은 일들을 잘 처리해 내면서 그만한 대가를 요구하는 것이라면 충분히 받아들여질 만할 것이다.

그러나 현실은 그렇지 않았다.

연대그룹이 나가 있는 세계 공장 어느 곳의 생산량보다 낮은 생산량을 보이는 국내 생산 라인.

그것이 강성노조를 지켜온 귀족 노조의 입지를 더욱 약하게 만들었다.

쉽고 편안하게 일하며 더 많은 임금을 받겠다는 것.

그것은 자유시장 경쟁 체제의 법칙에 어긋나는 일이었다.

연대 자동차 정규직 노동자들의 복지와 혜택을 위해서 2차 3차 하청 업체들의 고혈이 빨렸다.

하청 업체 소속 인력들은 귀족 노조와는 비교할 수 없을 정도의 임금과 더한 노동으로 버텨가고 있다는 사실.

한때 미국 자동차 산업의 메카였던 디트로이트시.

그 화려하고 잘나가던 시가 얼마 전 파산했다.

지나치게 높은 노동자들의 임금과 연금이 문제가 되었다.

또 자동차 회사들이 그 비용을 감당하지 못해 하나둘 철수하자 심지어 도시까지 망해 버린 것이다.

결과는 빤했다.

일할 곳이 없는 노동자.

도시를 움직일 수 있는 힘이 없는 노동자.

그 피해는 고스란히 노동자들에 돌아갔다.

언 발에 오줌을 누는 것 정도라면 다행한 일이다.

그것은 늑대가 제 혀가 잘리는 줄도 모르고 피 묻은 칼을 핥는 격이다.

정몽군 회장이 스트레스로 뒷목을 잡고 쓰러지기 전에 현실을 직시하고 노동자들 스스로 자각하는 것이 우선일 것이다.

상상하지 못했던 대가를 치르게 되는 것은 부자들이 아닌 결국 노동자일 수밖에 없을 테니까 말이다.

'노리는 곳이 많다고 했는데… 너무 안일해…….'

사실 세계화가 되면서 먹잇감을 노리는 사냥꾼들이 더 많아졌다.

세계 경제를 움직이는 손들은 앉은 자리에서 지구촌 구석에 있는 작은 나라를 흥하게도 하고 망하게도 한다.

대한민국을 위기에 빠뜨리기 위해 노사관계가 가장 취약한 연대 자동차를 사냥감으로 찍은 곳이 있다는 말을 들은 적이 있다.

물론 비밀 카페에서 암암리에 돌던 내용이었지만 아주 없는 얘기는 아니라고 생각했다.

파업과 같은 빌미를 제공하게 되면 바로 기업의 신용등급을 강등하는 것이다.

이어 여러 가지 금융적 측면에서 문제를 제기하고 순차적으로 숨통을 조여가는 것이 계획으로 잡혀 있다는 의견들이 분분했다.

현실화되지 않기를 바랄 뿐이다.

세계 4위의 자동차 업체로 성장한 연대 자동차.

국가 차원에서의 보호와 지원.

그리고 내수 시장의 튼튼함으로 이룩한 오늘날의 쾌거가 아닐 수 없다.

그러나 세계 시장은 언제까지나 연대 자동차의 입지를 보장해 주지 않을 것이다.

그렇게 볼 때 지금은 제대로 위기에 봉착해 있는 것이 현실임에도 자칭 기업의 주인이라는 노동자들이 너무 안일한 상태.

물론 사측도 잘한 것은 분명 없을 것이다.

그러나 이미 세계화를 통해 사측은 해외에 여러 생산 거점을 마련해 놓은 마당이다.

대한민국의 기업이라고 말하기에도 뭐한 상황.

이제는 말 그대로 세계적 기업이라는 말이 더 적절했다.

"그래서 솔직히 묻고 싶습니다. 제가 어떻게 해야 할까요? 유 회장님, 노하우 좀 알려주십시오."

이 자리에 모인 회장들 중 가장 연배가 많은 정몽군 회장.

다른 회장들에게 절대 하대하지 않고 있었다.

얼마나 답답했는지 정몽군 회장은 유병철 회장을 잡고 늘어졌다.

화기에 가득 찬 숨이 필드로 뿜어져 나오는 듯했다.

"제가 뭘 알겠습니까."

내내 정몽군 회장의 말에 귀를 기울였을 유병철 회장이 살짝 발을 뺐다.

오성그룹은 과거부터 연대그룹과 행적을 달리해 왔다.

선대 회장인 정만석 때부터 외형적 성장을 중시했다.

그런 까닭에 건설과 자동차, 조선소, 제철과 같은 대형 산업을 육성했던 연대그룹.

성장을 꾀했던 만큼 노동자들에 대한 권리를 소홀히 취급하는 경향이 많았다.

그런 와중에 민주화가 진행되었고 연대그룹뿐만 아니라 각 기업 사업장에서 격렬하게 노동 투쟁이 발생했다.

심하게는 사업장 패쇄 수준까지 가기를 수십 차례.

결국 연대그룹은 무릎을 꿇었다.

이유는 빤했다.

자동차 산업이 급성장하자 내수보다 수출에 주력하게 되었다.

수출 물량과 날짜를 맞추기 위해 노동자들에 한발 물러설 수밖에 없었다.

'뭐든 적당히 해야지 원.'

그런 사측의 사정을 너무 잘 알고 있는 노조.

지금에 와서는 습관처럼 강성노조를 합리화하는 것을 넘어 아주 기업을 아작 내려고 작정을 했다.

그 뿌리를 더 깊이 파 들어가면 이해가 쉬워진다.

나 역시 그 시대적 역사를 경험하지 못한 세대지만 지금은 80년대가 아니라는 사실이다.

80년대와 90년대 초반까지 각 대학에 존재했던 운동권 학생들.

그들 대부분이 대거 연대 자동차 노조 구성원이 되었다.

그리고 이후 연대 노조를 교육시키는 실질적 노조원의 핵심 인물들이 된다.

과도기를 겪던 시절에는 분명 필요했던 것들이 시대의 변화를 읽어내지 못하고 사회악으로 자리 잡혔다.

대다수 국민들이 연대 자동차 노조원들을 배부른 귀족 노자라고 부르는 데는 이런 이유가 있었다.

과유불급이라는 말이 적절하게 어울릴 것이다.

"그러지 말고 방법 좀 알려주십시오. 제가 술 한잔 거하게 사겠습니다."

'그러고 보니 연대그룹만 노조로 골머리를 썩는군.'

다들 그래도 얼굴이 편해 보이는 이유가 있었다.

여기 모인 총수들의 그룹에는 연대그룹을 제외하고 계열사들을 포함해도 거의 노조 활동이 없는 기업들이었다.

에스칼이나 엘자그룹은 연대와 오성그룹과 달리 조선소나 자동차, 철강 같은 덩치가 큰 사업체가 없었다.

일이 힘든 만큼 노조원도 강성이 될 수밖에 없는 중화학공업.

오직 오성그룹만이 중화학 공업 계열사를 두고도 노조 활동이 거의 없는 기업이었다.

"한번 제대로 밀어버리십시오. 뭐든 뜨거운 맛을 보면 조용해집니다."

이들 중 가장 젊고 아직도 혈기가 왕성한 최태동 회장이 말을 보탰다.

한마디 말에서도 성격이 보였다.

"요즘 세상에 대놓고 어떻게 밉니까. 법대로 하십시오. 시간을 갖고 천천히 하십시오. 거 불법 행위자들은 속출해서 민형사상으로 소를 제기하시고 말입니다."

조용한 성품답게 문제 해결 방법도 법적으로 처리를 하

라고 의견을 더하는 구본동 회장.

"하이고, 그 짓거리 안 해본 게 아닙니다. 이젠 지겹습니다. 용역 사서 몰아붙여도 봤지만 쌓인 게 내성이라고… 주먹도 법도 안 먹힌 지 오랩니다. 독하기가 돌아가신 우리 아버님만큼이나 독합니다."

정몽군 회장은 몸서리를 쳤다.

기업인으로서는 한 획을 남겼을지 모르지만 자식들에게는 상당히 험했다고 알려진 정만석 회장.

거머쥔 돈이 많았던 만큼 스캔들도 많았다고 혼외 자식을 두기도 했지만 당당하게 그 모든 것을 즐겼던 분이었다.

지금은 고인이 되고 없는 정만석 회장을 떠올리며 육십 줄의 정몽군 회장의 눈빛은 파르르 떨렸다.

"그것 참."

에스칼 최태동 회장이 쩝쩝 입맛을 다셨다.

왜 재벌 기업 회장들이 연대그룹의 일을 모르겠는가.

하지만 딱히 말을 보탤 만한 일이 못 된다는 것을 그들은 본능적으로 잘 알고 있었다.

수십 명도 아니고 수천수만 명의 직원을 한순간에 정리할 수 있는 기업인이 몇이나 되겠는가.

"대화를 좀 해보시죠."

한발 물러서 말을 보태지 않던 유병철 회장이 입을 열

었다.

가장 기본적인 사측과 노조 간의 소통 방법이다.

"대화요?"

정몽군 회장의 인상이 심하게 찌푸려졌다.

"무슨 대화? 걔들은 돈 더 받는 거하고 쉽게 일하는 것 말고는 대화를 안 해요. 그래서 더 미치겠다는 겁니다. 세계 경제가 어떻게 굴러가고 있는 줄도 모르고 손만 벌리면 되는 줄 안다 이겁니다. 어느 정도 상식선에서야 가능한 게 대화 아닙니까? 버릇없던 자식이 커서 망나니짓을 하는 꼴이 됐습니다."

넓게 펼쳐진 잔디를 밟으며 저벅저벅 걸음을 옮기고는 있지만 울분을 감추지 못하고 씩씩거리는 정몽군 회장.

숨을 내쉴 때마다 나는 거친 숨소리가 귀속으로 팍팍 치고 들어왔다.

덩치가 큰 데다 화기가 가득 차 그 기운은 더 강했다.

"그럼… 적당한 기회를 봐서 단기적으로 공장 문을 닫는 것은 어떻습니까?"

유병철 회장이 생각지 못한 말을 내뱉었다.

"예? 고, 공장 문을요?"

정몽군 회장이 놀라 다시 되물었다.

"이미 연대 자동차는 기회를 잃었습니다."

"그, 그게 무슨 말씀입니까?"

"생각해 보십시오. 사탕에 중독된 어린아이는 크게 혼을 내지 않는 한은 다시 사탕을 얻을 때까지 떼를 쓰게 마련입니다. 부모 입장에서는 우는 소리가 듣기 싫고 귀찮아 떼를 쓸 때마다 쉽게 사탕을 내줬던 대가를 치러야 하지 않겠습니까."

"그렇다고 공장 문을 닫는 방법밖에 없겠습니까?"

유병철 회장의 말이 일리가 있지만 너무 극단적인 방법이란 생각이 든 정몽군 회장.

"사실 기획실 쪽 애들도 유 회장님과 같은 말을 했습니다. 해외 공장이 잘 돌아가고 노조 측에서 계속 무리한 조건을 내밀면 민형사상 고소와 정부 협조를 얻어 국내 공장 문을 닫자고 말입니다."

"그 방법이 가장 현명할 것으로 보입니다. 정 회장님도 알다시피 연대 자동차는 강성노조의 성지가 아닙니까. 세상은 바뀐 지 오래되었습니다."

정몽군 회장의 말에 유병철 회장은 더욱 힘을 실었다.

"과거 미국 자동차 노조처럼 오로지 투쟁만 외치는 노조와는 상생할 수가 없습니다. 선친께서 굳이 관상쟁이를 데려다놓고 오성의 식구를 골라 입사시킨 이유도 다 거기에 있었습니다. 적당한 반골 기질을 가진 자들은 조직에 활력을 불어넣지만 극관 기질만을 갖은 자들은 오로지 투쟁을 위해 태어난 자들로 기업의 모든 것을 내준다 해도 투쟁거리를 찾을 겁니다."

"이거 참……."

조용하게 말을 잇는 유병철 회장의 말끝에 정몽군 회장이 긴 한숨을 내쉬었다.

쓴 입맛을 다시는 정몽군 회장.

잠시 할 말을 잃은 듯 침묵이 이어졌다.

"자랑은 아닙니다만 오성은 대한민국 내 기업들 중 최고 대우를 해주고 있습니다. 급여, 후생과 복지까지 말입니다. 상황이 그럼에도 떼를 부린다면 그건 능력 이상의 것을 바라는 것으로 욕심입니다."

냉정하게 사측과 노조에 선을 긋는 유병철 회장의 발언.

"그렇게 해서라도 부를 쌓아야 한다면 능력을 발휘해 정당하게 얻으면 됩니다. 어떤 형태로든 조직 생활 중에 자신의 능력 이상의 것을 바라게 될 때는 종국에 파멸에 이르게 될 수밖에 없습니다. 문제는 혼자만 그렇게 되면 다행이겠지요. 무지한 이들을 단합해 끌고 들어간다는 겁니다."

유병철 회장의 평소 노사에 관한 생각을 엿볼 수 있는 부분이다.

나는 대화 내용을 듣고 있다가 저절로 고개가 끄덕여졌다.

십분 이해가 되는 내용이었다.

사측의 입장도 노조 측의 입장도 말이다.

결국 대중, 혹은 집단이라는 탈을 쓰고 상식을 벗어나는 조건들을 관철시키려는 의도는 사회악으로 작용할 수밖에 없다.

누구나 인정할 수 있고 포용할 수 있는 선에서 문제를 제기하고 합의를 이끌어 내야 한다.

그런 점에서 현재 대한민국은 깊은 병이 들어 있는 것만은 분명했다.

분명 세계적 불황에도 잘 버텨왔다.

하지만 국가 내부에서 연이은 문제들이 속출하고 있는 상황.

자칫 1997년의 세계금융 위기의 타깃이 될 우려가 많다.

"유 회장님 말씀이 맞습니다. 연대 자동차는 그룹 차원에서 한번 정리가 필요합니다."

최태동 회장이 유병철 회장의 말을 거들고 나섰다.

"해도 적당히 해야지요. 순이익의 30프로를 매번 배당하면서 기업이 어떻게 성장할 수 있겠습니까. 요즘처럼 해외 시장이 심상치 않은 시점에서 말입니다. 그런 사측 사정은 전혀 관심이 없어요. 그건 무식한 겁니다. 무식요!"

자신의 그룹 일도 아닌데 정몽군 회장 버금가게 화를 내는 최태동 회장.

"정규직을 뽑고 싶어도 사실 겁나는 게 사실입니다. 이건 칼만 안 들었지 강도나 다름없어요."

조용하게 들으며 걷던 엘자그룹의 구본동 회장도 말을 더했다.

분명 노동자가 하부 계층이라면 그들을 좌지우지하고 있는 지배 계층인 것만은 분명한 기업 총수들.

그러나 그들의 입장이 변명으로만 여겨지지는 않았다.

한 번의 IMF를 겪고 난 후 대한민국의 현주소.

근대 사회에 접어들고 난 뒤 최고의 경제적 부를 누렸던 시절이 분명히 있었다.

그러나 이 시대는 종신 고용이라는 말이 점점 의미가 잃고 있다.

시간과 공간의 지배를 받지 않게 된 경제적 우위를 점한 지배계층의 유동성을 따라가지 못한 대부분의 사람들은 빠르게 도태되고 있다.

분명 어디서부터 엇갈리기 시작한 단추 채우기.

다시 인류는 지혜를 발휘해 속속 드러나고 있는 근본적인 문제 해결에 나서야 한다.

"아, 여기 제 공이 있군요."

얼마를 걸었을까.

첫 볼의 낙하점이 눈에 들어왔다.

파란색 표식을 한 공이다.

유병철 회장이 날려 보낸 공은 적당한 페어웨이 위에 떨어져 있었다.

나는 떨어진 공을 한번 살펴보았다.

발런스 웨터를 사용하지 않고 정확한 중심축을 기로써 파악했다.

한 번에 수만 개씩을 생산해 내는 골프공.

기계로 만들어 내기 때문에 중심축이 일정하지 않았다.

때문에 프로들은 자신만이 파악할 수 있는 노하우를 위해 소금물에 공을 띄워 중심축을 표시하기도 했다.

비거리 향상과 방향성.

퍼트시의 난조를 예방하기 위해서는 반드시 필요한 작업이다.

"강 프로, 아닌 강 군. 어디 자네 실력 한번 보세나."

방금 전까지만 해도 머리가 아파 죽겠다고 고민을 털어놓았던 정몽군 회장.

언제 그랬냐는 듯 나를 쳐다보며 활짝 웃어 보였다.

공과 사 정도는 확실히 구별할 줄 아는 성격의 소유자다.

"강 군, 염치없네만 잘 부탁하네!"

유병철 회장이 대놓고 부탁의 말을 해왔다.

다들 고만고만한 비슷한 거리였지만 다른 회장들보다 10야드 정도 짧았다.

"자네 수준에 아이언 3번은 좀 그렇지 않나? 프로도 아닌데 말일세."

최태동 회장이 조언을 해왔다.

"벙커도 있는데 비거리를 맞추다가 빠질 수도 있을 것 같은데… 강 군이라고 했나? 아이언보다 안전한 유틸리티를 쓰는 게 어떤가?"

아직 나의 정확할 실력을 알 리 없는 최태동 회장.

진심으로 걱정을 하는 눈치였다.

파밧.

그러나 그것은 회장들의 입장.

나를 지켜보는 매서운 눈빛들이 느껴졌다.

걸린 경품들이 만만치 않은 상품들인 만큼 프로들의 눈빛은 야수처럼 빛났다.

돈으로 환산해도 적지 않은 금액.

게다가 그것만이 전부가 아닌 게임.

한 홀마다 걸려 있는 한 장.

딜을 한 인사들이 대기업 총수인 만큼 역시 돈백 수준은 넘을 게 분명했다.

그렇게 되면 홀 당 승자는 3,000만 원을 받게 된다.

오늘 돌게 될 나인홀을 모두 먹는다고 생각하면 순했던 양도 야수처럼 변할 수밖에 없는 순간이다.

웬만한 골프대회 우승 상금에 맞먹는 액수다.

게다가 세금도 붙지 않는 순수 현찰이다.

이름만 대면 알 만한 프로들이 득달같이 달려온 이유가 다 있었다.

"부족한 실력이지만 열심히 해보겠습니다."

나는 적당히 겸손을 차리며 고개를 숙여 보였다.

그리고 유병철 회장이 떨어뜨려 놓은 공을 향해 다가가 자제를 잡았다.

첫 타는 연배대로 시작했지만 세컨 샷부터는 홀에서 공이 가장 먼 순서대로 가는 것이 기본 룰이었다.

"자세는 좋군."

나의 정체를 전혀 모르는 최태동 회장이 건들거리는 말투로 한마디 했다.

아무리 봐도 다른 기업의 회장들에 비해 진중함이 떨어졌다.

선친 때 연줄이 닿은 대통령 일가와의 혼인으로 일군 기업체.

그때부터 현재의 에스칼그룹으로 성장해 온 최태동 회장.

의욕적으로 경영 일선에 뛰어든 최씨 일가는 통신사부터 시작해 반도체 사업까지 인수하면서 5대 대기업에 명단을 올렸다.

산전수전 공중전까지 치루어오면서 기업을 일군 오성이나 연대, 엘자그룹과는 엄연히 차이가 있는 순위였다.

뭐랄까.

오랫동안 숙성시킨 한국의 맛과 인스턴트식품 정도의 차이랄까.

밑바닥부터 다져온 진한 경영인의 냄새가 안 난다고 하는 게 맞을 것이다.

물론 대기업 총수로서의 자질도 부족해 보였다.

스윽.

나는 최태동 회장의 말을 무시하고 정신을 집중했다.

말 그대로 3년 만에 처음 잡는 클럽이다.

다른 사람들이야 이런 나를 미친놈 취급할지 모르지만 오랜만에 쳐보는 골프공이다.

게다가 연습구도 한 번 날려보지 않고 곧장 실전에 돌입하는 똘아이짓을 하고 있다.

스스슷.

낮게 불어오는 바람에 잔디가 파르르 떨렸다.

'나는 골프채다! 공은 나의 마음이다!'

순간적으로 초집중력을 발휘했다.

그리고 나의 몸과 골프채를 하나로 인식해 갔다.

그리고,

휘익.

가볍게 스윙 스타트하며 백스윙과 백스윙 톱에 순식간에 이르렀다.

'날아라 강민!'

쇄애애애애앳.

쳤다.

스윙의 정점에 이른 3번 아이언.

지상을 향해 추락하는 전폭기처럼 맹렬하게 다운스윙에 이르렀다.

까아아아아앙!

맞았다.

임팩트 순간에 정확하게 공을 가격했다.

오랜만에 나의 온 정신을 집중해 휘두른 클럽에 맑은 울음을 토하며 골프공이 총알처럼 공간을 가르며 날아갔다.

휘이익.

마지막 폴로 스루 동작까지 일체의 군더더기 없이 마무리했다.

"헛!"

"허헉!"

뒤에서 짧게 들려오는 돌림 노래 한 구절 같은 신음.

투우욱.

정확한 온 그린 뒤 홀컵을 향해 도르르 굴러가는 공.

홀컵 바로 앞에서 멈추었다.

'나이스 샷~! 흐흐.'

내가 봐도 완벽한 아이언 스윙.

"나, 나이스 샷!"

이제야 제대로 감탄을 터뜨리는 유병철 회장님의 외침.

"나이스! 나이스 굿샷!"

짝짝짝.

어쩌다 한 번 정도라고 생각할 만한 나의 첫 타에 자신의 스윙처럼 기뻐하는 연대그룹의 정몽군 회장.

박수까지 치며 좋아했다.

"나이스 샷!"

"굿 샷……."

그리고 그 뒤를 잇는 몇 마디의 억지스러운 축하의 말들.

씨익.

눈앞에 활짝 펼쳐진 그린을 바라보며 나는 의미심장한 미소를 베어 물었다.

'흐흐, 오늘… 다 내 거다!'

넓게 펼쳐진 그린, 눈앞에 나를 가로막을 산 같은 것은 없었다.

쫄쫄 굶었던 지난 3년의 시간.

돈맛이 어떤 건지도 가물가물했다.

배가 고파도 너무 고파 내가 먹잇감을 사냥해야 했던 야생의 사자였던 것도 잊어버릴 정도였다.

정확한 목표물을 정한 이상 거침없이 달릴 이유가 생겼다.

양보는 없다.

오직 굶주렸던 내 영혼과 주머니에 두둑이 찰 머니를 향해!

그리고 양손을 묵직하게 해줄 경품을 향해 돌격 앞으로!

오늘 하루는 그것만이 있을 뿐이다.

제5장
운도 없는 녀석

"하하하, 오늘 정말 멋진 경기였습니다! 스트레스가 확 풀렸습니다."

라운딩 초반만 해도 강성노조 때문에 스트레스를 호소했던 정몽군 회장.

경기가 끝날 때는 호탕한 웃음까지 보이며 분위기를 주도했다.

경기는 끝났다.

타임 앞뒤로 한 시간씩 여유있게 예약을 한 덕에 한가롭게 거닐며 라운딩을 했다.

여러 회장들과 프로들, 그리고 따라온 인원들을 제외하고 필드에 사람이 없었다.

"손에 땀을 쥐게 하는 경기였습니다. 실력이 좋은 프로들과 함께하니 긴장감도 들고 즐거움도 배가 되었던 것 같습니다."

유병철 회장도 오늘의 회동이 맘에 든 듯 약간 들뜬 음색으로 장단을 맞췄다.

"정말 대단했습니다!"

정몽군 회장이 유병철 회장의 말에 대꾸했다.

"특히 강 군! 자네의 시원한 장타는 라운딩 내내 아주 감동이었네!"

툭툭.

그리고 나의 어깨를 곰 발바닥 같은 손으로 치며 친밀감을 표시해 왔다.

"그래요 강민 군. 정말 인상 깊은 경기였네. 우리는 그렇다치고 프로들을 물 먹일 줄은 미처 몰랐네. 하하하."

성품이 가볍지 않고 조용한 구본동 회장이 즐겁게 미소를 지으며 나를 치켜세웠다.

"이렇게까지 띄워주시니 부끄럽습니다. 회장님들께서 지켜봐 주신 덕분인지 공이 잘 맞았습니다."

부드러운 말과 공손한 태도 정도면 되는 인사.

돈도 들지 않는 아부와 고개 정도는 숙일 수 있었다.

멀지 않은 미래에 분명 나와 인연이 닿을 분들이기에 아낌없이 나의 진면목(?)을 보였다.

"어린 친구가 세상 사는 법을 일찍 터득했군!"

처음부터 라운딩이 끝나는 순간까지 까칠하게 나오던 최태동 회장이 마지막까지 깐죽거렸다.

함께 라운딩을 한 회장들 중에 그나마 가장 실력이 괜찮았던 최태동 회장.

그랬던 만큼 오늘의 나의 우승이 탐탁지 않았을 것이다.

'아저씨~ 저도 당신 부자가 싫어요~'

최문혁을 보고 최태동 회장까지 겪고 나자 더욱 정이 가지 않았다.

라운딩 내내 최태동 회장의 말은 오른쪽 귀로 듣고 왼쪽 귀로 흘렸다.

'다섯 판 정도면 만족할 만해. 크크.'

혼자 하는 게임이 아닌 데다 유병철 회장의 부탁도 있고 해서 최선을 다했다.

그래도 다섯 판을 이겼다.

첫 타부터 아이언 스윙으로 모두의 시선을 받으며 시작한 경기.

이미 웬만한 이들은 기가 팍 꺾인 게 느껴졌었다.

전체 코스가 중급 정도는 되는 길이였다.

함께 라운딩을 하게 된 프로들 실력이 만만치 않아 마음 먹은 것처럼 쉽게 되지는 않았다.

게다가 참석한 회장들 중에서 아닌 게 아니라 유병철 회장의 실력이 가장 뒤처졌다.

예린이가 유병철 회장 등 뒤에 대고 이번에는 꼴등 하지 말고 오라는 말을 왜 했는지 알 만했다.

오직 일등에게만 허락되는 각 홀에 걸린 상금.

짐작했던 대로 무려 3천만 원이나 됐다.

판판마다 새롭게 지급되는 상금 지급 룰.

'흐흐흐, 얼마야, 1, 1억 5천이야!'

오늘 이 자리야말로 남자가 났으면 일단 큰물에서 놀아 봐야 한다는 진리를 증명하는 자리였다.

태어나 한가락 했다 할 수 있는 대기업 총수들의 골프 회동.

게다가 내건 상금은 회장들이 나눠 갖는 것이 아니라 함께 라운딩한 프로들에게 지급하는 격려금 같은 것이었다.

골프가 목적이 아닌 모임인 것이다.

1번 홀을 돌고 나서는 회장들끼리 거리를 두고 앞장서 걸으며 여러 가지 얘기를 나누었다.

함께 필드를 걷고 있지만 프로나 캐디 등 이외의 사람들은 들을 수 없는 중요한 대화들이었다.

현 정권의 기업 정책에 관련한 내용이나 환율.

각국의 동태와 하반기 환율 변동과 경제 상황 예측에 관한 사안들이었다.

실로 일반 국민들은 상상할 수 없는 어마어마한 이야기들이 흘러나왔다.

물론 그 얘기를 처음부터 내가 다 듣고 있었다는 사실은 전혀 알지 못했다.

그간 쌓은 내공으로 은밀한 회장들의 대화를 실시간으로 청취한 것은 나만이 가능한 일이었으니까 말이다.

코스는 나인홀밖에 되지 않았지만 시간이 길게 소요된 데에는 이유가 다 있었다.

"자, 그럼 이 실장. 오늘 수고하신 선수들에게 상금 지불하고 강민 군에게는 내 개인 명함 한 장 건네주게."

정몽군 회장이 자신을 따라온 비서에게 나를 지목하며 말했다.

"알겠습니다, 회장님."

"최 실장, 이 친구에게 내 명함도 한 장 주게."

"네! 회장님."

오늘 2등을 한 엘자그룹 구본동 회장이 뒤이어 말했다.

"양 상무, 뭐하나. 저 친구에게 명함 한 장 줘."

약간은 신경질적인 목소리로 최태동 회장이 버럭 소리를 질렀다.

'아저씨 거는 줘도 안 받고 싶어요~'

예부터 베푸는 자가 받는 자보다 그 기쁨이 크다 했는데 최태동 회장은 그렇지 않은 듯했다.

그깟 무료 통화 얼마나 된다고 생색은 다 내고 말이다.

다른 회장들이 내놓은 경품에 비하면 약소하기 이를 데 없는 무료 통화 티켓.

해외에서 사용하는 게 아니라면 국내에서는 별 의미가 없는 상품이다.

"오늘 정말 즐거웠습니다. 시간이 되시면 곧 다시 한 번 나오도록 하시지요."

오늘 제대로 승리감을 맛보며 우승의 영광을 차지한 유병철 회장이 다시 한 번 라운딩을 하자고 제안했다.

"하하하, 그러십시다. 오늘처럼 유쾌한 게임은 오랜만입니다. 언제든지 환영입니다."

스트레스가 많고 복잡한 일들이 많을 때는 모든 것을 잊고 이렇게 운동에 몰입하는 것도 하나의 방법이기도 하다.

특히 연대그룹 정몽군 회장의 표정만 봐도 스트레스가 어느 정도 해소된 게 눈에 보였다.

처음 화기가 가득했던 모습은 거의 사라지고 얼굴이 활

짝 폈다.

매 홀마다 긴장의 연속이었던 라운딩.

다른 스트레스거리가 계속해서 머릿속을 채우고 있을 만한 분위기가 아니었다.

회장들의 실력이 거기서 거리였던 만큼 동반한 파트너들은 입술을 악물고 자존심을 세워야 했다.

국내 대회에서 수없이 경험했을 실전 라운딩.

그랬던 만큼 패배하고 싶지 않은 본능이 극도로 개발돼 있었다.

걸린 상금을 떠나서도 스폰서인 대기업 회장들의 눈에 띄기 위한 몸부림으로 해석할 수 있다.

어떻게든 연줄이 닿아 있지 않으면 먹고살기 힘들다는 것을 잘 알고 있기 때문이다.

만만하게 봤던 이름도 없던 나를 꺾기 위해 젖 먹던 힘까지 다해 경기를 운영했던 프로들.

그 결과 승부는 피가 말랐다.

물론 다섯 홀은 내가 먹었고 나머지 두 홀은 경험이 풍부하고 실력이 좋은 윤대룡 프로와 이한송 프로가 각각 가져갔다.

'얼굴 펴 임마! 넌 그동안 많이 먹었을 거 아냐!'

한 사람만이 완전 똥 씹은 얼굴을 하고 있었다.

오늘 라운딩에서 단 한 번도 홀을 잡지 못한 임준성.

표정이 있는 대로 굳어 있다.

"오후에 약속이 잡혀 있어요. 식사도 못하고 저는 먼저 갑니다."

나인홀 라운딩을 마치고도 아직도 힘이 남아도는 듯 정열적인 정몽군 회장이 먼저 인사를 했다.

"아쉽지만 다음에 뵙도록 하시지요."

호리호리하고 점잖은 데다 체격도 좋은 구본동 회장.

경기 내내 말수가 가장 적었던 구 회장도 인사를 남겼다.

"조만간 저녁 식사 한번 하시지요."

"하하하, 그럽시다. 이래도 한 세상 저래도 한 세상인데 밥이라도 잘 먹고 살아야지요."

오전보다 좀 더 편안해진 정몽군 회장이 많은 것을 내려놓은 듯 개운한 목소리로 웃음을 흘리며 말했다.

'그래도 좀 씻고들 가시지…….'

뭐가 그렇게 바쁜지 다들 샤워도 하지 않고 내빼듯 등을 돌리기 바빴다.

워낙 천천히 진행된 게임에다 날씨도 선선해 땀을 많이 흘린 것은 아니지만 평소에도 샤워실까지는 함께 들어가지 않는 듯했다.

다들 은밀한 속살(?)은 보이고 싶지 않은 눈치다.

서로 적당한 선까지 양해를 구해놓은 듯했다.

마지막 남은 자존심 같은 것이랄까.

"다음에 뵙도록 하지요."

"오늘 수고가 많으셨습니다."

한두 번 그랬던 것이 아닌 듯 순식간에 흩어지는 모습이다.

깔끔하게 악수들을 나누고 돌아서는 회장들.

"강 군, 꼭 찾아오게!"

"넵!"

나에게 보이던 호기심이 남달랐던 정몽군 회장이 끝까지 나를 챙겼다.

저벅저벅.

인사들을 남기고 큰 걸음으로 걸어가는 정몽군 회장을 비롯한 나머지 사람들.

"여기, 오늘 상금입니다. 안에 명함은 넣어두었습니다."

자기들끼리 모여 뭔가를 논의하던 수행비서들.

나와 윤대룡, 그리고 이한송 프로에게 단단한 종이 가방 하나씩을 안겨주었다.

그중에서도 눈에 띄는 부피의 종이 가방.

나에게 건네졌다.

'이게 1억 5천이야?'

새삼 느끼는 거지만 신사임당께서 화폐에 동참하고 난 이후 돈의 가치는 제대로 다이어트가 되었다.

평범한 소시민은 평생 현찰로 1억 5천만 원이라는 돈을 손에 쥘 수 있는 기회가 많지 않았다.

적어도 체감되는 돈의 가치는 지금 손에 들어온 것보다는 크게 느껴져야 했다.

그러나 허망하다 말할 정도로 그 부피는 작았다.

"집으로 가지."

"네, 회장님."

내가 종이 가방을 받아 들자 기다렸다는 듯 유병철 회장이 걸음을 옮기며 말했다.

입가에는 빙그레 미소가 번졌다.

'만날 오늘만 같아라~'

땀도 안 흘렸을 만큼 수월했던 오늘의 게임.

내가 한 것에 비해 큰 수확이 수중에 들어오자 절로 어깨에 힘이 들어갔다.

그래도 프로 골퍼들 중에서 이름깨나 날린다는 선수들을 제치고 차지한 오늘의 영광.

쌩큐였다.

"선배님들, 다음에 뵙겠습니다."

막 상금을 받아 든 윤대룡 프로와 이한송 프로를 향해 고개를 숙여 인사를 했다.

"그, 그래요. 다음에 봅시다."

"오늘 정말 멋졌어. 기회 되면 임 선배와 함께 라운딩 한 번 하자고."

나와 초면인 이한송 프로는 말을 놓지 못했다.

그리고 임혁필 코치님을 선배로 둔 윤대룡 프로는 나를 후배로서 대하듯 가볍게 웃으며 다음을 기약했다.

그때.

"재수없는 새끼……."

나지막하게 중얼거리는 임준성의 목소리다.

회장들도 돌아가고 프로 두 사람도 거리를 두고 서 있는 상황.

나의 예민한 귀가 임준성이 나를 겨냥해 내뱉은 말을 놓칠 리 없었다.

사박사박.

나는 거리를 두고 떨어져 있는 임준성을 향해 다가갔다.

"……??"

아무 이유 없이 내가 다가가자 순간 당황하는 듯한 임준성.

씨익.

나는 입가에 미소를 지어 보였다.

그리고 임준성의 귓가에 입을 가까이 대고 부드럽게 말했다.

"너도 만만치 않습니다."

"……!!"

나는 다시 임준성의 눈을 똑바로 쳐다보았다.

"사람한테는 그런 말 쓰면 못쓴다. 그런 말은 너 같은 부류에 쓰는 말이지."

입가에 의미없는 미소를 지으며 바라보자 나를 잡아먹을 듯 노려보는 임준성.

'짜식, 넌 운도 없어 임마! 재수만 없으면 다행이지.'

딱 두 번째 나와 마주친 임준성.

나 역시 그가 마음에 들지 않았다.

골프 실력은 얼추 인정할 만했지만 풍기는 이미지나 분위기가 처음부터 걸렸다.

말투 역시 프로답지 못하게 저급이었다.

분명 세상 무서운 줄 모르고 사는 자들에게서 풍기는 전형적인 오만함이 묻어 있다고 해야 할까.

눈빛에서 속일 수 없는 살기가 뿜어져 나오는 것도 눈에 걸렸다.

'될 수 있으면 나 건들지 마라. 조용히 살고 싶은 사람이니까…….'

더는 그 어떤 시비에도 휘말리고 싶지 않은 게 나의 솔직한 심정이었다.

내 앞날을 설계하고 집중하는 것만으로도 시간이 부족했다.

하지만 본인들 눈에 거슬린다는 이유만으로 질투와 훼방을 놓으려는 자들.

더 이상 엮이고 싶지 않았다.

"강 군, 어서 가세!"

"네! 회장님~"

타다닥.

나는 눈알이 뒤집어질 듯 나를 노려보는 임준성을 뒤로하고 유병철 회장님을 향해 몸을 돌렸다.

이미 차에 올라 뒷좌석 창문을 열고 나를 부르는 유병철 회장.

달랑달랑 손에서 전해져 오는 묵직한 중량감.

'이래서 세상은 살 만하고 또 공평한 거야.'

본래 하늘은 스스로 돕는 자를 돕는다 하지 않던가.

이 또한 하늘의 은총이 아닐 수 없다.

두들기면 열릴 것이라 했던 인류 역사 이래 의식의 가장 위대한 지배자.

내가 양 도사 밑에서 터득한 기 운행을 응용해 하늘 문을 두드렸던 게 과연 몇 번이나 될까.

결코 셀 수 없을 것이다.

예고 없이 갑작스럽게 잡힌 대기업 총수들과의 골프 라운딩만 해도 그렇다.

또 차와 휴대전화.

거기에 대형 티브이.

그것도 모자라 현찰까지 두둑하게 내 손에 들어왔다.

이 모든 것을 무엇으로 설명할 수 있겠는가.

'이번에는 제대로 한번 주세요. 저 3년 동안 밑쌀 빠질 뻔했잖아요.'

설악산에서 그것도 양 도사와 같은 영감 밑에서 6년을 보낸 것은 가히 평범한 인간이 견디기 힘든 시간이다.

인간의 세상이 아니었다.

설악산에서의 시간은 인간 세상 60년과 맞먹는 고통과 고난이 가히 상상할 수 없는 무게로 짓누른 세월이었다.

성격이나 좋았으면 다행.

괴팍하고 수시로 희번덕거리고 성품 또한 아주 몹쓸 영감이었다.

냄새나는 두엄자리보다 더러웠던 양 도사 밑에서의 수행 기간을 나는 견뎠다.

오늘의 이 같은 일이 나에게 있는 것을 보면 하늘도 양심은 있는 것이다.

그리하여 나에게 복을 내리기로 결정, 고난의 시절을 마감하려는 게 확실하다.

딸깍.

나는 떠날 준비를 다 마친 승용차 뒷좌석에 몸을 실었다.

"강 군, 오늘 수고했어."

차에 오르자 활짝 웃으며 오늘의 승리가 실감나는 듯 유병철 회장이 말을 건넸다.

"아닙니다. 회장님 덕분에 가용할 수 있는 돈도 두둑이 받게 되었습니다. 제가 감사드립니다."

나는 날아갈 듯 기분이 좋았지만 최대한 차분하게 대답했다.

"하하하, 사적인 자리에서는 아버님이라고 불러도 좋네. 예린이 친구니 자네도 나에게는 아들 같지 않겠는가."

유병철 회장은 라운딩을 하는 동안 나에 대한 배려가 더 커진 듯했다.

친구 아버지로서 나를 대하고 있었다.

"네, 아버님."

사적인 공간이 되자 나 역시 자연스럽게 호칭이 바뀌었다.

어차피 한지붕 아래서 지내고 있지 않은가.

"자네가 실력이 있으니 그런 용돈도 받을 수 있는 걸세. 사실 내가 오늘 기분이 아주 좋네. 골프 회동 10년 만에 처음으로 우승을 했거든. 하하하하, 이게 다 자네 덕분 아니겠는가!"

"과찬이십니다, 아버님."

불편한 진실이 아닐 수 없다.

어떻게 10년 동안 한 번도 우승을 해보지 못할 수가 있단 말인가.

유병철 회장의 기분이 좋을 수밖에 없겠다는 생각이 들었다.

아침보다 훨씬 대화가 편해졌다.

거의 막내아들을 대하는 듯 정이 느껴졌다.

"아버님의 스윙이 호쾌했습니다."

"정말 그랬나?"

"그럼요. 한 10년만 젊으셨다면 프로에 입문해 보시라고 제가 강력 추천을 했을 겁니다."

"하하하하, 빈말이어도 기분은 좋군."

역시 입으로 덕을 쌓는 일 또한 어려운 일이 아니다.

어차피 입을 놀려야 먹고살 수 있는 세상이라면 좋은 말을 뱉어 사람의 기를 살리는 데 쓰는 게 옳았다.

'흐흐, 수표도 아니고 현찰이다. 그것도 1억 5천. 옥탑방

에 짱박아 둔 거랑 합치면 집 한 채는 사겠어.'

더없이 기분 좋은 주말 행사였다.

산중에 묻혀 밤마다 훤히 뜬 달만 올려다봤던 날들이 주마등처럼 스쳤다.

훤한 대낮에 양손에 돈다발까지 들고 저택으로 향하는 차 안에서 바라보는 푸른 하늘.

나의 앞날을 훤히 비추겠다고 뜨거운 태양이 나의 뒤를 봐주는 듯했다.

내 인생에 찬란한 해가 떠오른 것이다.

"섭섭하군, 임 프로."

"죄, 죄송합니다."

에스칼그룹의 최태동 회장이 불편한 심정을 드러냈다.

"최소한 한 홀 정도는 잡을 줄 알았네만, 이거 체면이 말이 아니야."

"면목없습니다."

최태동 회장과 라운딩 파트너로 필드에 나간 프로 임준성이 연신 고개를 주억거렸다.

회장들의 차가 골프장을 빠져나갔지만 아직 몇 대의 차가 남아 있었다.

나름 기고만장 자신 있게 참석했던 골프 회동이었다.

그런데 예상하지 못했던 결과를 얻었다.

체면을 있는 대로 구겼다고 생각한 에스칼 최태동 회장은 임준성에게 화풀이를 했다.

"그룹 차원에서 걸었던 스폰 얘기는 없던 걸로 하세. 실력을 좀 더 쌓고 난 뒤에 보자고."

"…예, 알겠습니다."

며칠 전 이미 이야기가 다 끝났던 최태동 회장과의 스폰 거래.

오늘 라운딩 결과로 날아가 버렸다.

"그 친구, 잘 치긴 하더군. 나이도 어린데 장타에 정교함까지 두루 갖췄어. 자네도 인정하나?"

고개 숙인 임준성 앞에서 대놓고 강민을 칭찬하는 최태동 회장.

오늘 라운딩을 함께한 팀들 중 꼴찌를 기록했다.

에스칼그룹은 이렇다 할 중공업 대신 서비스와 정유와 같은 덩치가 비교적 작은 사업을 영유했다.

최근에 반도체를 끌어안았지만 아직은 오성에 한참 밀렸다.

그렇다 보니 어떤 형태로든 승부를 볼 수 있는 자리가 나면 오성의 유병철 회장보다 앞서고 싶은 욕망이 컸다.

하지만 여지없이 개쪽을 당하고 말았다.

"그럼, 임 프로. 다음에 기회가 되면 보세."

"예, 회장님. 살펴 가십시오."

임준성도 최태동 회장의 성격을 잘 알고 있었다.

자기 자신에게는 한없이 관대했지만 타인들에게는 인정머리 없이 냉혹한 사업가였다.

적어도 오늘 이 자리를 벗어나면 먼저 임준성을 찾을 리없었다.

운이 좋아 임준성이 다시 한 번 골프계를 흔드는 이슈를만들어내지 않고서는 더더욱 말이다.

임준성이 최태동 회장을 향해 다시 한 번 고개를 숙였다.

탁.

부우우우웅.

옆에서 기다리고 있던 최 회장의 비서가 차 문을 닫았다.

임준성이 한 발 뒤로 물러서자 대형 승용차는 곧 출발했다.

최태동 회장의 비서들이 탄 차량까지 고개 숙인 임준성의 앞을 유유히 지나갔다.

임준성은 에스칼그룹 최태동 회장 일행의 차가 골프장출입문을 벗어나 사라질 때까지 고개를 숙인 채 서 있었다.

"크크크."

비릿하고 음산한 웃음이 섞인 묘한 소리가 임준성의 달

힌 입 안에서 흘러나왔다.

이미 꼬리까지 사라지고 보이지 않는 텅 빈 도로를 바라보며 실눈을 번뜩이는 임준성.

"언제 기회가 되면 꼭 받은 만큼 돌려주지. 최 회장."

때론 한발 물러서는 것도 사내가 할 일이라고 아버지가 늘 주의를 주었다.

제대로 사시미를 찔러 넣기 위해서는 적당한 거리가 필수.

오랫동안 조직을 운영해 온 아버지에게서 배운 것은 산 경험에서 얻은 재산이었다.

그 어떤 누구에게서도 얻을 수 없고 이 시대에 살아남을 수 있는 유일한 무형의 재산 같은 것이었다.

철저하게 신분을 세탁하고 프로 골퍼로 입문해 생활하고 있는 임준성.

사회적 명성과 그럴싸한 명분을 갖추고 난 뒤 자연스럽게 달수파를 인수하고 합리적인 방법으로 조직을 운영할 계획을 갖고 있었다.

달수파만이 갖고 있는 냉철하고 잔악한 조직 운영 방식.

그 아버지에 그 아들답게 하이에나 같은 성품을 잘 갈고 닦아 가고 있었다.

이 정도 모욕쯤은 간에 기별도 가지 않았다.

오늘 당한 쪽팔림과 치욕 정도는 앞으로 임준성이 꿈꾸는 세계로 가는 에너지와 같은 역할을 해주었다.

그리고 아직은 프로 골퍼로서의 입지가 탄탄하지 않은 상황.

이럴 때일수록 대기업 회장들과의 관계는 불가피했다.

우선 프로 골퍼로서의 성공을 다진 이후에 처리할 수 있는 것들은 차곡차곡 쌓아놓아도 좋다고 판단한 임준성.

뿐만 아니라 오늘의 결과가 대기업 회장들 눈에 아직 부족한 풋내기 프로 이미지를 남기고 말았다.

실력없다는 소리는 듣지 않고 유지해 온 프로 생활이었다.

그런 만큼 부정할 수 없는 오점을 남기고 만 오늘의 라운딩.

그 중심에 강민이 있었다.

"강민, 넌 오늘 제대로 실수한 거야. 과거의 내가 아니다."

임준성은 이번에는 확실히 처리해 버리리라 마음먹었다.

행방이 묘연해진 지 3년 만에 다시 모습을 보인 강민.

그대로 사라진 채 잊혀졌다면 그간 쌓인 원한 같은 것은 세월에 자연스럽게 묻힐 수도 있었다.

과거 달수파가 입었던 피해도 서서히 복구돼 가는 마당.

아물어가던 상처를 다시 들추는 꼴이 되었다.

"네놈 면피를 제대로 발라내 주겠어. 감히 내 앞에 입술을 쪼개?"

조직의 모든 힘을 동원해서라도 놈의 면상을 다시는 보고 싶지 않았다.

한 번도 아니고 두 번씩이나 임준성의 자존심을 뭉갠 피라미다.

지금은 오성그룹 유병철 회장의 울타리 안에서 신변의 안전을 보장받고 있었지만 약점은 많았다.

이미 이런 날을 대비해 달수파가 파악해 놓은 것들.

언젠가 다시 나타날 것이란 걸 알고 여러 가지 시나리오를 준비해 두었다.

끼릭.

바지 주머니에서 휴대전화를 꺼내는 임준성.

꾸욱.

주저함 없이 단축번호 3번을 눌렀다.

띠리리리 띠리리리.

기본음이 잠깐 울렸다.

"김 실장입니다."

"접니다."

"말씀하십시오."

"오늘 강민을 봤습니다."

"알고 있습니다."

"그래요?"

"회장님께서 특별히 함구령을 내리셨습니다."

"준비는 잘되고 있는 겁니까?"

"이번에는 실수 없을 겁니다. 제 목을 걸고 추진하겠습니다."

"그럼 됐습니다. 그리고 제대로 판이 벌어지면 저한테도 연락을 주세요. 꼭 한번 보고 싶으니까."

"알겠습니다."

"아버지께는 말씀드릴 필요 없습니다."

"네, 알겠습니다."

끼릭.

용건만 간단하게 확인하고 전화를 끊었다.

"다시 보겠군. 입장이 많이 바뀌겠어. 흐흐흐."

곧 다시 만나게 될 것을 생각하자 절로 흐뭇해졌다.

누군가 임준성의 익살스러운 표정을 보기라도 했다면 섬뜩해 뒤로 내뺐을 정도로 그 모습이 기묘했다.

"개새끼… 기다려라."

제정신이 아닌 듯한 눈빛.

그리고 미소.

눈이 부시게 쏟아지는 한낮의 태양빛 아래 서 있는 임준성.

그러나 그에게서 풍기는 것은 차디찬 한기였다.

임준성의 눈빛은 인간미를 전혀 찾아볼 수 없을 정도로 차가웠다.

에스칼그룹의 최태동 회장이 던지고 간 모욕과 수치심까지 강민에게 향해 있었다.

가장 독한 가을 살모사의 혓바닥이 임준성의 입안에서 꿈틀거렸다.

직접 닿지 않아도 베일 듯한 기운이 임준성의 호흡에 섞여 코끝으로 드나들었다.

"핏팅 스피드건~!"

"오케이!"

타다닥.

"뭐야? 저 사람들?"

"메이저리그 스카우터들 아니야?"

"우리 중에 누구 스카우트하려는 거 아니야?"

"주말 잘못 보냈냐! 너 같으면 최고 구속이 120킬로인 뚱땡이를 데려가고 싶겠냐? 그것도 2회만 던져도 더위 먹은 개처럼 헉헉 대는 놈을."

"뭐~ 그 정도면 마무리로 준수하지."

여느 평범한 일상처럼 시작된 월요일 아침.

한강 난지공원 왼쪽에 자리한 야구장.

사회인 야구단에 소속을 두고 있는 택시 기사 두 명이 오른쪽 야구장에 무리지어 모습을 보인 외국인들을 보고 농담을 주고받았다.

그냥 봐도 아무 생각 없이 왔을 것 같지 않은 분위기.

옷차림에 각이 잡힌 것만 봐도 평범한 인물들은 아니었다.

두 팀으로 나누어진 사람들이 야구장 주변에 스피드건을 설치하고 거리를 조절하고 있었다.

인원은 모두 10여 명 정도.

간단하게 캐치볼 정도를 하며 시간을 때우던 사회인 야구단원들.

심심풀이로 배트를 휘두르던 그들에게 분주히 스피드건을 설치하는 외국인들의 모습은 호기심을 불러왔다.

본 경기를 하는 야구장에서나 볼 수 있음 직한 풍경이 평범한 한강 공원 시민 야구장에서 보게 된 것이 의아했다.

"여기서 2군 게임이라도 있는 거야?"

"말이 되는 소리를 하라고. 여기서 무슨 게임이야? 시민들이나 종종 쓰는 곳인데……."

주말을 제외하고 평일 중심으로 사회인 야구단이 선착순으로 사용할 수 있는 난지 야구장.

하지만 시간을 낼 수 있는 택시 기사 야구단이나 한두 번 사용할 정도로 평일에는 이용률이 저조했다.

다른 사회인 야구장과 달리 외야에 잔디가 깔려 있어 인기가 있긴 했지만 말이다.

"야! 뭣들 하는 거야? 이번 주말에 개택 애들이랑 게임 있는 거 잊었어? 정신 바짝 차리고 연습 좀 하자!!"

일반 택시 기사들에게 있어 영원한 적수라고 할 만한 개인택시 기사들과의 경기.

택시계의 부르주아와 평민 정도의 이미지가 굳어지고 있는 만큼 제대로 한방 먹여야 했다.

하지만 야구와 축구로 살벌하지만 돈독한 우정을 쌓는 이들만의 방식이었다.

"양 감독! 오늘 우리 말고 다른 팀 예약 있어?"

"없어! 이 바쁜 월요일 아침에 누가 방망이질 하겠냐? 우리같이 복 받은 직업이 또 어디 있는 줄 알아?"

"그런데 저치들은 뭐야! 양코박이 스카우터들 아냐?"

"신경 꺼! 스피드건 구속 체크라도 하러 왔나 보지."

입장은 감독과 선수라는 신분이었지만 어릴 때부터 야구를 해왔던 택시 기사들이 모인 만큼 딱히 정해진 규율 같은 것은 없었다.

"오늘은 펑고도 할 테니 단단히 바닥 좀 굴러봐! 저번에 줄줄이 알을 까서 15대 7로 깨졌잖아."

"네네, 감독님~ 오늘 알 두 쪽 달랑거리며 힘차게 굴러 볼랍니다~"

"낄낄낄."

"크크크크."

선수라고 해봐야 전부 다 해서 열다섯 명 정도.

갈수록 경기가 팍팍해져 사납금 채우기도 빠듯한 택시 기사들.

그런 이들에게 오늘 같은 날은 며칠치 수입을 날리는 걸 감당하고 얻는 천금 같은 시간이었다.

그렇기에 더 화기애애한 분위기를 연출할 수 있었고 뭘 해도 즐겁게 받아들였다.

연습 시간이 끝나면 또다시 팍팍한 삶의 현장으로 들어가야 했다.

거의 전쟁터를 방불케 하는 도심의 택시 운전.

낮 시간 동안 전혀 영업을 뛰지 못했기 때문에 저녁 타임에 제대로 뛰어야 한다.

잠자는 시간까지 쪼개 반납을 하고 나서야 겨우 뺄 수 있는 연습 시간.

감독 말대로 그냥 시간을 날릴 수는 없었다.

부우우웅.

끼이익.

그때 저쪽 캠핑장 뒤쪽으로 잘 빠진 외제차 한 대가 들어오며 급한 브레이크 음을 냈다.

요즘 도로를 달리다 보면 개나 소나 다 타고 다니는 것처럼 생각될 만큼 흔하게 눈에 띄는 외제차들.

그러나 지금 난지 공원으로 진입해 급브레이크를 밟으며 방향을 트는 승용차는 도로 위에서 흔하게 보아왔던 그런 차가 아니었다.

"어? 저것이 뭣이여!"

"화따… 죽이는디?"

"어따, 저 몸매 죽이는구만."

연습을 하기 위해 글러브와 배트를 나눠 들던 택시 기사 야구원들이 일제히 탄성을 터뜨렸다.

부드럽게 방향을 틀어 주차장으로 들어간 외제차.

그 차에서 제대로 후광을 발하는 여성이 내렸다.

온몸에 착 감기는 블랙 진에 상큼한 분홍색 점퍼를 가볍게 걸쳤다.

하지만 워낙 몸이 글래머러스한 데다 큼지막한 선글라스까지 착용해 눈에 확 띄었다.

이기적인 몸매의 여성은 야구장 쪽으로 천천히 걸어왔다.

꿀꺽.

"캬아……."

산전수전 공중전까지 다 겪고도 남았을 남정네들의 신음 소리가 곳곳에서 파도를 탔다.

택시 운전을 하다 보면 이런저런 외모의 여성들은 눈이 질리게 구경한다.

그러나 대낮에 그것도 한강 난지 공원에서 보란 듯 활보해 주는 여성.

택시 뒷좌석에 앉아 창밖만 응시하던 미모의 여성들과는 차원을 달리했다.

전신을 풀 샷으로 훑을 수 있다는 것은 모든 택시 기사들이 누릴 수 있는 행운은 아니었다.

멀찍이 거리를 두고 바라보고 있었지만 분명 170은 훌쩍 넘는 키에 배우나 아니면 모델 정도는 되는 포스의 여성이다.

걸어 다니는 화보라고 해도 과언이 아닌 장면이 멍 때리고 바라보는 택시 기사들 앞을 지나가고 있었다.

마침 불어주는 바람에 살랑거리며 슬쩍 흩날리는 금발까지 모든 게 완벽했다.

"오! 제시카! 역시 완벽해!"

"아름다운~ 나의 비너스~"

다저스의 아시아 스카우터인 폴과 자이언츠의 루니가 제시카를 보자마자 감탄사를 터뜨리며 맞이했다.

일이 일이니만큼 신중을 기해야 하는 자리임에도 남자의 본능을 감추지는 못했다.

미국 본토에서도 보기 힘든 비주얼.

대놓고 아름다움을 찬탄했다.

"쌩큐!"

여성이라면 누구나 듣고 싶어 할 칭찬을 연달아 듣고 입가에 커다란 미소를 짓는 제시카.

평범한 옷차림에도 남자들이란 정신을 차리지 못했다.

제시카가 보증한 자리이니만큼 중요한 순간이었지만 남성적 성질을 가리지 못하고 유부남들이 추파를 던졌다.

하지만 충분히 즐길 줄 아는 제시카.

여성으로 태어나 탁월한 미모까지 겸비할 수 있다는 것은 분명 행운이었다.

또한 이 시대를 살아가는 데 있어 최고의 무기를 가진 것과 같았다.

띠고 있는 역할이 역할이니만큼 비즈니스 차원에서도 적

절히 활용할 수 있었다.

　스포츠 스타들을 섭외할 때도 제시카가 직접 미팅을 할 때와 그렇지 않을 때 분명한 차이가 있었다.

　아무리 부하 직원들이 온갖 조건을 내세워 계약을 성립시키려 해도 거절하던 이들도 제시카가 나서면 마음을 바꾸는 데 오랜 시간이 걸리지 않았다.

　계약 성공률이 몇 배 이상 차이가 났다.

　최단시간에 부사장 자리까지 오를 수 있었던 것도 다 이런 이유 때문이었다.

　"제시카! 오늘 보여준다는 물건은 어디 있는 거야?"

　"같이 오는 거 아니었어?"

　나이가 비슷한 폴과 루니.

　배가 나온 데다 머리숱도 적은 전형적인 사십대 중반의 아저씨 필이 나는 루니.

　그리고 그런 그와 전혀 다른 이미지로 키가 껑충하게 크고 자벌레처럼 마른 데다 안경까지 쓴 까칠해 보이는 폴.

　지금은 라이벌 관계에 있을 만큼 각자 소속 구단을 위해 일하고 있지만 일을 떠나서는 둘도 없는 친구 사이였다.

　삼십대까지만 해도 같은 에이전트사에 근무했었고 현재는 각 구단에서 중요한 역할을 하는 프로 스카우터들이 되었다.

"잠시만 기다려요. 아직 10분이나 남았잖아요."

"우리는 준비 다 됐어."

"흐흐흐, 빨리 보고 싶은데."

"제시카를 한번 믿어보자고."

"도대체 이번에는 또 얼마나 대단한 물건인 거야?"

"얼마 만에 보는 물건인지 모르겠어. 아아, 환장하겠군."

손바닥을 싹싹 비비며 한껏 기대에 부풀어 있는 두 사람.

단 한 명의 히어로가 팀 전체 분위기를 어떻게 변화시키는지 너무나 잘 알고 있었다.

현재 다저스에서 엄청난 돌풍을 일으키고 있는 푸이그가 그런 존재였다.

나이는 어리지만 야구 강국인 쿠바 출신으로 천재적인 야구 감각을 소유하고 있었다.

침체에 빠져 있던 다저스를 후반기에 들어 순식간에 수면 위로 건져 올리며 주목받게 했다.

이런 상황에서 선발 투수급 선수만 제대로 짜맞춰 넣어도 환상적인 조합을 이룰 수 있었다.

메이저리그에 실력이 뛰어난 선수들이 많았지만 그 안에서도 우열이 갈렸다.

1, 2위를 다투는 선발급과 그저 그런 중하위 선발 투수의 가치는 하늘과 땅 차이만큼이나 갭이 컸다.

사정이 이런데 오늘 제시카가 1선발급 투수를 소개하겠다고 했다.

두 사람은 제시카의 말을 듣자마자 부랴부랴 비행기에 올랐다.

오랜만에 얻게 되는 자리이니만큼 소속 평가 요원들도 함께 동행한 상황.

부우우우웅.

그때 야구장 옆쪽 주차장으로 들어오는 눈에 확 띄는 파란색 아우디 쿠페.

"오늘 뭔 일 있는 거 아니야?"

"이 시간에 웬 외제차 행렬이야."

"야구장이니 야구라도 하러 온 모양이지. 신경 끄자고."

"그냥 야구가 아닌 것 같으니 하는 말이지. 저것 봐, 스피드건이 도대체 몇 개야?"

없는 시간을 겨우 쪼개 연습 시간을 마련한 택시 기사 야구단원들이 웅성거렸다.

무슨 일인지 정확히는 모르지만 뭔가 흥미로운 일이 있을 것 같은 예감을 들었다.

"내렸다!"

"와아! 쟤들은 또 뭐야?"

"영화배우야? 모델인가?"

"야구 CF 찍는 것 같은데?"

그렇지 않아도 색깔 때문에 눈에 안 띌 수 없었던 외제
차.

주차장에 멈춘 차 문이 열리고 남녀 커플 한 쌍이 내렸
다.

간편한 트레이닝복 차림의 남자와 청바지에 노란색 카디
건을 걸친 여자다.

여자보다 키가 훨씬 큰 남자는 거리를 두고 봐도 귀태가
줄줄 흘렀다.

상대적으로 키가 작아 보이는 여자는 여배우처럼 말끔하
게 생긴 데다 세련미가 넘쳤다.

택시를 운행할 때 강남 쪽에서 많이 타던 여자들과 비슷
한 미모의 여성이다.

택시 영업을 하다 보면 그나마 위안이 되는 것이 미모의
여성들을 자연스럽게 볼 수 있다는 것.

눈요기를 넘어서 시선을 사로잡는 미모의 여성과 남자가
야구장 쪽을 향해 걸어왔다.

"……."

주변에 있던 사람들이 시선이 두 사람에게 쏠렸다.

이제 막 도착한 두 사람과 앞에 와서 스피드건을 설치하
고 했던 무리와의 거리가 점점 가까워졌다.

"하이~ 민!"

그때 이들보다 먼저 왔던 금발의 여성이 손을 흔들며 반겼다.

"제가 제시간에 온 것 같은데 일찍 오셨네요?"

"아니에요, 민. 방금 왔어요."

서로 아는 사이인 듯 인사를 주고받는 이들.

"어? 어디서 봤지? 낯이 익는데?"

"너도 그러냐? 나도 어디서 봤더라?"

"…연예인인가?"

하지만 외모는 그럴 듯하지만 연예인은 아닌 것 같은 남자.

택시 기사들은 남자의 얼굴을 어디선가 본 듯해 고개를 갸우뚱거렸다.

"맞아! 기억났다!"

"누구야? 어디서 봤어?"

"그 소년이야~!!"

"누구?"

"거 있잖아, 강민! 3년 전 난리도 아니었잖아? 기억 안나?"

"아~ 맞네, 맞아!!"

눈썰미 좋은 택시 기사들 사이에 순식간에 강민이라는

이름이 번져 나갔다.

워낙 전국적으로 떠들썩하게 시끄러웠던 사건 중심에 있었던 인물이었다.

덩달아 유명세까지 탔던 강민.

그가 한강 난지 공원에 나타난 것이다.

옆에 꽤 예쁘장하게 생긴 여자 친구까지 달고 말이다.

잘나가는 듯 외제차까지 타고 한낮에 한강 시민 야구장에 모습을 보였다.

"그래, 저 친구 오늘 야구 하러 온 모양이야."

"소질 있다는 소문은 나도 들은 것 같은데… 설마~"

"아니야, 분명해! 고교 야구 대회 때 강속구를 뿌린 걸로 잠깐 주목을 받았었다고. 내 기억이 분명해!"

"설마……."

머리를 비상하게 굴리며 제대로 시나리오를 써내고 있는 택시 기사들.

오늘 여기 왜 왔는지조차도 까맣게 잊어버린 채 넋을 빼놓고 있었다.

예상했던 대로 뭔가 흥미진진한 일이 벌어질 게 분명해졌다.

기대에 찬 눈빛으로 군데군데 스피드건이 세워져 있는 야구장을 바라보며 서 있는 택시 기사들.

심장이 빠르게 뛰었다.

간첩 사건 당시 모습을 감췄다는 내용을 마지막으로 강민에 관련한 기사들은 뜸해졌다.

그리고 당시로부터 3년이라는 시간이 흘렀다.

하지만 뇌리에 강하게 남아 있었던 소년 강민.

시나리오상 야구 스카우터들이 분명한 외국인들 앞에 강민이 섰다.

더 이상 소년의 모습이 아닌 그의 표정이 당당하고 자신만만해 보였다.

뭔가 대단한 일을 칠 것 같은 분위기다.

제6장
사랑도 신토불이

'체격은 좋군.'

약속한 시간에 정확하게 모습을 보인 주인공.

자이언츠 소속 스카우터인 루니가 강민의 모습을 위아래로 빠르게 훑었다.

과거와 달리 메이저리그 투수들은 하나같이 몸이 좋았다.

직구를 뿌리는 데 있어서 190 이상의 거구가 던지는 공은 훨씬 더 위협적이었다.

그런 점에서 제시카와 인사를 나누고 있는 친구의 체격

조건은 겉으로 보기에 훌륭했다.

덩치만 큰 것이 아니라 단단한 근육질의 몸인 것을 알 수 있었다.

마스크 또한 깔끔하다.

제시카의 말대로 실력만 확실하다면 구단의 대표 스타가 될 만했다.

"예린이도 왔네! 어서 와요."

"네, 샘. 또 뵙네요."

파밧.

오늘의 주인공과 인사를 나눈 제시카.

그와 함께 차에서 내린 동양 여성과 가볍게 인사를 나누었다.

그런데 순간 묘한 기류가 스파크를 일으켰다.

하는 일이 눈치껏 치고 빠지는 일에 능한 두 사람의 스카우터.

아직 어린 동양 여성과 제시카 두 사람 사이가 심상치 않음을 느꼈다.

"제시카, 우리도 있다고!"

"제시카가 말한 친구인가?"

스카우터 두 사람이 제시카 뒤를 따라 다가오며 말했다.

"맞아요. 제가 오늘 초빙한 선수예요. 인사해요, 이름은 강민."

"하하하, 반가워. 난 자이언츠 동아시아 스카우터 루니라고 해."

"반갑습니다, 강민입니다."

"오! 영어가 유창하군."

루니가 영어로 말했고 강민은 자연스럽게 정통 미국식 영어로 대답했다.

"루니! 민이는 이미 고교 입학 당시 5개 국어에 능통했어요."

제시카가 살짝 루니를 흘기며 강민을 띄웠다.

"헉! 저, 정말?"

"듣고도 몰라요? 당신보다 영어 발음이 좋잖아요."

"오! 그웃!"

아시아권에서 발굴한 선수들은 실력이 뛰어나도 빅 스타가 되는 데 장애가 많았다.

간단한 인터뷰를 할 때도 통역을 거쳐야 한다는 점.

또 같은 팀 선수들과의 언어 소통 등.

팀에 분명 도움이 되는 실력파라 해도 언어가 통하지 않는 것 때문에 본의 아니게 외톨이 신세가 되는 경우가 종종 있어 왔다.

영어만 기본적으로 돼도 상품성의 가치는 배가 뛰었지만

대부분 그 점이 취약했다.

특히 일본 선수들의 영어 실력은 형편없었다.

"다저스의 폴이네."

약간 오버스러운 자이언츠 루니와 달리 강민을 유심히 살피던 다저스 스카우터 폴이 인사를 건넸다.

"반갑습니다."

짧게 인사를 하고 고개를 숙여 보이는 강민.

동양인 특유의 예의가 몸에 배어 있었다.

몇 분 지켜봤지만 첫인상이 좋았다.

여러모로 비주얼은 갖춰져 있었다.

제시카의 말처럼 실력만 확인할 수 있다면 이후 파생시킬 수 있는 계획들은 수월해질 것으로 판단되었다.

물론 매너까지 갖춰져 있다면 긍정적인 반응은 금방 나타날 것이다.

"인사는 이 정도면 된 것 같은데 어때요? 바로 테스트에 들어가도록 하죠."

제시카의 표정에서 자신만만함이 묻어났다.

"그렇게 하도록 하지."

"포수는 내가 맡겠어."

"그럼 심판은 내가 할게."

자이언츠 루니가 먼저 포수를 자처했고 이어 다저스 폴

이 심판을 맡았다.

스피드건을 통해 구속을 체크하는 것도 중요했지만 공이 얼마나 지저분한지 직접 경험하는 게 최고였다.

한때 야구 선수들로 활동을 해봤던 두 사람이었기에 두려움 같은 것은 없었다.

아니, 차라리 호기심이 넘쳤다.

특별한 선물을 앞에 두고 앉아 있는 소년들처럼 어서 포장을 풀어보고 싶은 마음이 컸다.

제시카가 호언한 대로라면 가뭄만 계속되고 있던 스카우터 인생에 단비가 돼줄 것이다.

올 가을 월드시리즈 우승을 노리고 있는 다저스.

그리고 현재 지구에서 죽을 쑤고 있는 자이언츠.

양쪽 모두 구단의 입지를 다져줄 인물이 절실하게 필요한 순간이었다.

'아저씨들~ 침 좀 그만 흘리시지.'

자신들을 스카우터라고 밝힌 두 사람.

두 눈에서 욕망의 불꽃이 팍팍 튀었다.

오랜만에 입맛 도는 먹잇감을 눈앞에 두고 있는 듯 나를 수없이 위아래로 훑었다.

꼭 일주일 굶은 승냥이 같았다.

"민아, 상의는 내게 줘!"

그렇게 괜찮다고 했건만 수업까지 땡땡이치고 따라온 예린이.

제시카와 마주하게 되자 극도로 예민해지고 있었다.

어제는 꽤 기분이 좋고 부드럽게 나를 대했던 예린이.

유병철 회장과 골프 회동에서 우승을 하고 돌아왔다는 소리에 나의 어깨까지 만져주었다.

그 모습을 지켜보던 유병철 회장이 어이없다는 듯 웃음을 터뜨렸다.

어제의 우승으로 약속돼 있던 유재명 상무의 차 한 대가 나에게 넘어왔다.

하지만 오늘 이 테스트가 끝나면 나도 내 차를 받으러 갈 참이다.

저택을 나서기 전 이미 정몽군 회장이 건네준 명함에 나와 있는 전화번호에 연락을 해두었다.

가까운 지점에 가면 따로 연락을 한번 넣으라고 했다.

갖고 싶은 차는 이미 정해둔 상태.

마음 같아서는 연대 자동차 생산차량 중 최고급 대형 세단을 언급하고 싶었지만 한 단계 내렸다.

아직 나이도 어린 데다 내가 끌고 다니기에는 덩치가 너무 컸다.

한 발 물러서 요구한 차종은 3,800cc 제라시스 쿠페.

바로 준비해 준다고 했다.

마침 제라시스 쿠페는 재고로 남아 있는 물량도 있다고
했다.

곧장 신청을 하면 3일 내로 등록까지 마쳐 지정한 곳으로
배송까지 해준다는 친절한 안내가 있었다.

그 소리를 듣는 순간 입이 양쪽으로 확 찢어지는 줄 알았
다.

물론 유재명 상무의 차도 좋았다.

그러나 뭐니 뭐니 해도 새 차에 비할 수는 없었다.

"고마워."

'오늘은 두 사람이 스타일도 비슷하네.'

그동안 이미지는 정장을 즐겨 입었던 제시카였다.

그런데 오늘 차림은 몸에 착 달라붙는 청바지 차림이다.

나이에 비해 더 젊어 보이긴 했다.

게다가 하체 쪽으로 시선이 쏠리는 것 역시 부인할 수 없
는 스타일이다.

예린이도 못지않았다.

실재로는 신장 차이가 좀 났지만 예린이는 그것을 거의
7센티 가량 되는 힐을 신고 커버했다.

청바지에 힐은 왠지 언밸런스해 보였지만 예린이는 그런

대로 스타일이 나왔다.

몸뻬를 입어도 미모 불변의 법칙이 깨지지 않는 종류의 여성임을 증명하는 셈이다.

"우리 사이에 고맙기는~"

제시카의 시선을 노골적으로 견제하는 예린이.

분명 우리를 쳐다보고 있는 제시카를 의식한 채 더욱 상냥하게 대꾸를 하며 활짝 웃어 보였다.

"예린이, 대학생이지 않아?"

"네~ 맞아요."

"호호호, 열정이 부러워. 민이를 위해 결강까지 하다니."

"그럼요~ 그깟 수업이 대순가요? 민이와 함께하는 시간은 모두 나에게 소중한 추억이니까요."

"그래! 그 열정 인정할게. 나에게도 한때 그런 시절이 있었으니까."

'오~ 이 분위기 뭐야.'

보기에도 화려한 데다 향기까지 진한 꽃에 나비와 벌이 꼬이지 않았다면 거짓말일 것이다.

제시카는 한편으로 예린이만 할 때를 추억하는 듯한 눈치다.

또 제시카는 아메리카인.

동양의 여성성과 달리 사고와 행동이 자유로운 사람들

이다.

예린이가 말하는 열정과 제시카가 떠올리는 열정의 차이는 극과 극일 터.

또한 미래의 동반자를 위해 성을 지키거나 하는 따위의 사고방식도 필요하지 않은 문화가 아닌가.

대한민국 역시 현대 사회에 들어서는 윤리의식이 땅에 떨어져 바닥을 기고 있는 마당에 미국문화를 뭐라 할 입장은 못 되지만 말이다.

"제시카 선생님과 전 좀 다르죠. 같은 열정으로 취급하지 말아주세요."

'헐!'

예린이가 제시카의 말꼬리를 잡았다.

"여긴 미국이 아니에요."

파바밧.

표정은 부드러웠지만 분명 제시카의 말에 정중하게 반박을 한 것이다.

나에게는 한없이 부드럽기만 한 예린이.

역시 다른 사람들에게는 호의적이지만은 않았다.

"호호호호, 또 그런가? 미안. 마음이 상했다면 사과하겠어."

'나이는 그냥 먹는 게 아니라니까.'

분명 예린이의 말에 담긴 기가 만만치 않았던 반격이었음에도 별 대수롭지 않다는 듯 넘기는 제시카.

한 수 위였다.

전혀 기분 나쁜 기색을 보이지 않고 웃음으로 받아넘겼다.

대신 예린이의 얼굴은 딱딱하게 굳어버렸다.

잠깐 동안 지속된 침묵이 이미 승자를 말해주고 있었다.

"어떻게 하면 됩니까?"

그러나 중요한 것은 두 여인의 기 싸움이 아니었다.

나를 꿈의 아메리카로 데려다줄 티켓이 더 중요했다.

초특급 급행 열차표를 갖고 있는 사람들.

"저기 투수석 보이지. 거기서 던지고 싶은 공을 던져 보라고."

"먼저 몸부터 풀어야지. 연습 투구부터 해보지."

'뭐야, 쌍둥이야?'

분명 다른 종자의 두 사람이었지만 나를 향해 내뱉는 말의 억양이 거의 비슷했다.

나를 향해 자신들의 촉수를 모두 작동시킨 듯 목소리가 이미 들떠 있었다.

스윽.

나는 겉옷을 한 장 벗었다.

알아서 옷장의 옷들을 교체해 주는 양 실장의 센스 덕에 달리 코디를 하지 않아도 될 만큼 완벽했다.

입었던 옷들은 세탁을 위해 가져갔고 역시 몸에 맞는 다른 옷들로 교체되었다.

'날씨도 좋고~'

딱 좋은 시간대에 날씨였다.

한강을 타고 불어온 바람이 청량감을 더했다.

"민아, 몸부터 풀어. 스트레칭해야지. 다칠 수도 있다구."

나보다 더 긴장한 듯한 예린이.

새벽에 일어나 나만의 운동으로 몸을 풀었다는 것을 알 리 없는 예린이는 걱정스러운 눈빛을 하고 있었다.

오직 자신의 삶에서 나 이외에 관심이 없는 것처럼 보이는 게 미안하고 또 고마웠다.

마치 예린이의 안테나는 나만을 향해 서 있는 것 같았다.

"걱정 마, 아침에 다 풀었어."

"민! 그래도 조심해요."

침묵하고 있던 제시카가 살짝 말을 건넸다.

'제 몸은 제가 압니다.'

다른 사람 눈에 띄게 운동을 하지는 않았지만 여전히 새벽마다 하는 수련은 멈추지 않았다.

협소한 공간이나마 가부좌를 할 수 있는 자리만 허락된다면 가능한 장생신선술.

선천태극오행기공을 운용해 장생신선술을 펼치고 나면 그날 하루는 따로 근육 운동 같은 것을 할 필요가 없었다.

세밀한 근육 세포 하나하나까지 통제가 되어 있는 상태였다.

머릿속에 그려지는 대로 몸만 움직이면 된다.

"자, 글러브하고 공."

"다들 준비해!"

"알겠습니다."

자이언츠 루니가 건넨 글러브와 공을 받아들었다.

루니 역시 포수 마스크와 보호복을 착용했다.

주변에 서 있던 몇몇 사람은 분주히 움직였고 다저스 스카우터인 폴도 심판 마스크를 뒤집어썼다.

다른 몇 명이 폴의 말에 따라 스피드건 위치를 다시 한 번 체크했다.

그리고 펜스 너머에서 몇 명의 사람이 노트북을 두들겨 댔고 그 주변으로 서 있는 촬영 카메라에 불이 들어왔다.

정확한 기록과 동영상 촬영을 위한 것들이다.

'한번 보여줘 볼까.'

저벅저벅.

낯설지만 오랜만에 손에 쥐어보는 글러브의 느낌.

한국 고등학교 때 야구부에서 공을 던졌던 때가 떠올랐다.

나는 오른손에 들린 야구공을 잡고 손가락 몇 개를 이용해 빙글빙글 돌렸다.

예전에 던졌던 감각을 되짚어보는 것이다.

'적당한 선에서 던져야겠지.'

나도 어디까지가 나의 저력인지 확인해 보지 못한 상황.

모든 것을 다 한순간에 드러낼 필요는 없었다.

스카우터 두 사람이 확신할 수 있을 정도.

탐낼 정도면 된다.

처음부터 모든 것을 드러내 버리면 나의 한계를 내 스스로 무너뜨리는 것이나 마찬가지가 된다.

60퍼센트 정도면 적당할 것 같다.

나머지는 나중에 새로운 카드로 써야 한다.

여기까지는 모든 게 순조로웠다.

이럴 때일수록 긴장을 늦추지 말아야 하는 상황.

일이 잘될수록 더욱더 신중해야 한다.

차라리 아무 연고도 없는 미국이라면 편할 것이다.

하지만 아직은 대한민국 내.

나에게 묻어 있는 지저분한 약점들을 노리고 냄새를 맡

기 위해 쿵쿵대고 있는 인간들이 너무 많았다.

하다못해 평범한 일반 시민들도 조심해야 하는 입장이다.

익명성을 무기로 삼아 인간의 추악한 양면성을 고스란히 드러내는 것을 한두 번 목격한 바가 아니다.

누구나 그 양쪽 모두에 속할 수 있는 입장.

나 역시 자칫 그 도마 위에 올라갈 수도 있는 법.

정신을 바짝 차리고 교만해서는 안 된다.

내 두 발로 아메리카의 땅을 밟는 순간까지 말이다.

또다시 어떤 발을 헛딛게 되어서는 안 된다.

그렇게 되면 이번에는 그 흔적을 지우는 데 더 많은 시간을 필요로 하게 될 테니까 말이다.

"투수석에 올라가는데?"

"그럼 강민이 공을 던지는 거야?"

"이러고 있을 때가 아닌 것 같은데. 직접 가보자고!"

"그래, 그렇게 하자고!"

타다다다닥.

강민이 투수석으로 자리를 옮겼다.

호기심이 발동한 택시 기사 야구 선수들이 한쪽으로 우르르 몰렸다.

이런 평범한 야구 시설에서 언제 다시 보게 될지 모를 광경이다.

몇몇 기사는 벌써 스마트폰을 꺼내 들었다.

그리고,

투수석에 서서 강민이 공을 손에 쥐었다.

그런 강민의 몸 주변으로 뭉클뭉클 묵직한 기운들이 감돌았다.

"어머, 저 사람들 왜 저래?"

"무슨 일 있는 거 아니야?"

"뭐지? 야구 하나 본데?"

웅성웅성 시민 야구장을 중심으로 흩어져 있던 시민들이 한쪽으로 몰리는 택시 기사들을 따라 움직였다.

"누구야?"

평화롭고 고요했던 봄날 난지도 캠핑장.

조깅을 하던 사람들, 산책을 하던 사람들.

방앗간을 발견한 참새 떼처럼 한곳으로 몰리기 시작했다.

이제 막 세상을 향해 포효하려는 한 사람을 보기 위해.

'몸도 안 풀어?'

포수 미트를 착용하고 자세를 잡던 루니는 이상함을 느

졌다.

일반 타자들보다 더 정교하고 예민한 것이 투수들의 팔 근육이다.

하물며 아마추어도 아무 스트레칭 없이 그냥 공을 던지지는 않는다.

근육을 잘 풀어줘야 장시간 공을 던질 수 있고 또 근육도 망가지지 않는다.

구속도 물론 높게 쳤지만 더 중요한 것은 연투 능력이다.

그게 받쳐주지 못하면 투수로서 가치는 없다.

그런 만큼 투수들의 몸 관리는 다른 선수들보다 더 철저했다.

그런데 지금 강민은 그에 어긋나는 행동을 보이고 있다.

방금 전에 차로 이동해 이곳에 도착했고 막 투수석에 섰다.

어깨를 풀지 않았다.

"구경꾼이 생각보다 많아졌어."

루니의 뒤쪽에 자리를 잡은 폴.

대학교 진학까지 야구 선수를 목표로 했던 두 사람은 같은 대학교 출신이었다.

지금은 사업적으로 경쟁자가 되어 있지만 한때는 서로에게 파이팅을 외쳐주던 둘도 없는 동료였다.

"공 몇 개면 끝나."

강민의 구속과 실력을 테스트하기 위해 선택한 시민 야구장.

장소가 장소다 보니 테스트 구장 주변으로 사회인 야구단을 비롯해 일반 시민들이 우후죽순 몰리고 있었다.

좋은 구경거리를 발견한 것처럼 펜스 주변에 달라붙기도 했다.

루니는 정신을 집중했다.

"폴, 괜찮으면 이번에는 양보해!"

"그게 마음대로 할 수 있는 게 아니야. 단장부터 시작해 구단주까지 이번 해 우승을 원한다고."

"다 가졌으면서, 욕심도 많은 늙은이들 같으니라고."

자이언츠 소속 스카우터 루니가 욕설을 퍼부었다.

샌프란시스코 자이언츠도 메이저리그에서 5위권에 드는 연봉을 보장하는 부자 구단이다.

그러나 다저스에는 밀리고 있었다.

양키스 다음으로 돈을 펑펑 쏟아붓는 다저스.

특히 이번 시즌에 엄청난 자본 투자를 통해 지구 우승과 더불어 메이저리그 우승까지 노리고 있었다.

"루키니까… 그렇게 비싸지는 않을 거야."

올해 류를 비롯해 몇몇 신인의 활약으로 아직은 여유가

있는 다저스.

스카우터 폴 역시 과거와 입장이 달랐다.

파죽의 연승 행진을 계속하고 있는 다저스.

그렇다 보니 생각보다 선수들 수급에 큰 욕심을 내고 있지는 않았다.

하지만 올 한 해만 구단을 운영할 게 아니라는 것.

같은 서부지구 팀에 선수를 빼앗기기라도 하면 그 순간 지금의 영광도 순식간에 추락할 수 있는 문제였다.

그나마 신인 발굴에는 돈이 적게 드는 편.

초반 작업에 소홀하게 되면 나중에 먹고사는 데 지장이 많았다.

"제시카가 붙었어. 생각처럼 싸지는 않을 거야."

"일단은 흥정은 나중이니까."

"그래, 물건은 좋아 보여."

"동감이야."

"마운드에 올랐군."

투수석에서 자세를 잡는 강민을 확인한 두 사람 역시 자세를 잡았다.

강민은 글러브에 공을 넣은 채 포수 쪽을 응시하고 있었다.

"강민 파이팅!!!"

강민과 함께 동행한 어린 여성이 소리쳤다.

"강민 파이팅!"

"파이티이이잉!!!"

그 소리를 시작으로 펜스 밖에 몰려든 사회인 야구 선수들도 덩달아 응원을 했다.

아주 무명의 선수는 아닌 것으로 보였다.

일반 시민들로 보이는 사람들까지 호기심을 보일 정도라면 제법 알려져 있다는 말이 된다.

스윽.

"온다!"

강민이 와인드업 자세를 취했다.

투수석에서 움직이는 강민의 작은 제스처 하나도 놓치지 않고 살피는 폴과 루니.

전력 분석 전문가까지 대동한 자리였다.

모든 움직임을 빠뜨리지 않고 촬영하고 있지만 현장에서 직접 몸으로 느끼는 것에는 미치지 못한다는 것을 너무 잘 아는 두 사람.

휘익.

부드럽고 편안한 와인드업에 이어 바뀌는 킥킹 자세.

'정통 우완파 투수.'

요즘은 스리쿼터로 던지는 투수가 많아지는 추세다.

하지만 자세만 완벽하다면 정통 우완만큼 부상도 덜하고 룽런하는 투수가 좋다.

그러나 정통 우완파 투수를 만나기 어려운 때.

가뜩이나 온몸의 모든 근육을 적절히 다 사용해야 한다.

어려움이 따르는 것이다.

팟!

서서히 움직이던 강민.

릴리스 포인트가 완벽하게 맞춰지는 순간 강민의 손에서 공이 빠져나왔다.

쉐애애애애애애애앳!

"……!!!"

그리고,

뭔가 날아왔다.

적어도 연습구 몇 개는 던질 것이라고 생각했던 루니.

여유있는 모습으로 포스 미트를 들고 앉아 있었다.

퍼엉!

"큭!"

순식간에 벌어진 일이었다.

찢어질 듯 귀청을 울리는 굉음과 동시에 손바닥에 느껴지는 화끈거리는 작열감에 비명을 토했다.

"허억……."

엉거주춤한 자세로 심판을 보기 위해 서 있었던 폴.

그의 입에서도 신음이 흘러나왔다.

'뭐, 뭐야 이건!'

속도감이 그대로 눈에 보였다.

짧은 순간 공의 궤적을 놓쳐 버렸다.

눈으로 확인할 수 있는 구속을 넘은 것이었다.

시속 95마일 이하까지는 충분히 캐치할 수 있다.

그러나 지금 강민이 던진 구속은 그 이상이라는 것.

"봐, 봤냐?"

엉겁결에 공을 잡은 루니가 뒤를 돌아보지도 않은 채 입을 열었다.

눈 깜짝할 사이에 공을 놓친 폴은 잠시 침묵했다.

그리고 하는 말.

"투, 투심이었어."

"투심으로 이 구속을……."

빠르기는 포심이었지만 분명 강민이 던진 공은 투심이었다.

직구에 변화까지 만들어낸 투심은 투수에게 있어 필수 무기나 마찬가지다.

지금 눈앞에서 몸도 풀지 않은 강민이 투심을 던졌다.

그것도 스카우터 루니가 궤적을 놓칠 정도로 빠른 구속

을 보이는 투심.

"와아아아아아아!"

"나이스 강민!!!"

야구장 주변에 몰려들었던 사람들의 열렬한 환호성.

"9, 97마일입니다."

스피드건을 재고 있던 전력 분석관이 외쳤다.

'97마일!'

시속 156킬로가 넘는 강속구다.

메이저리그에서도 정상급 투수 정도 되어야 뿌리는 구속
이다.

그것도 포심이 아닌 까다로운 구질을 보이는 투심을 던
졌다.

"다, 다시!"

휘익.

직접 보고도 믿을 수 없는 광경에 루니는 강민을 향해 소
리쳤다.

다시 확인해야 한다.

겉으로는 내색하지 않으려고 표정을 관리했지만 이미 루
니가 컨트롤할 수 있는 상황이 아니었다.

척.

씨익.

떨리는 손으로 강민을 향해 공을 던졌다.

투수석에서 가볍게 공을 받으면 미소를 짓는 강민.

갑자기 섬뜩한 기분이 스쳤다.

앳된 얼굴을 하고 선 아직은 어린 청년 강민.

분명 미국 성년으로 보기에는 아직 미소년에 가까웠다.

"미트를 내려봐."

강속구도 물론 갖춰져야 하지만 제구가 가능해야 했다.

그렇지 않으면 화려하지만 입맛에 맞지 않는 정찬을 마주하고 있는 것과 비슷한 처지였다.

지금 강민이 보인 구속은 분명 놀랄 만했지만 저 정도는 메이저리거들이 쉽게 대응할 수 있는 수준이다.

여기에 제구까지 가능하다면 얘기는 달라진다.

그야말로 마구로 불릴 만한 자격이 주어진다.

스륵.

미트를 스트라이크 존 하단 한쪽 방향에 치우치게 댔다.

그리고 눈을 부릅떴다.

황소처럼 커진 두 눈.

스윽.

자세를 다시 잡는 루니를 확인한 후 다시 와인드업 자세에 들어간 강민.

팡.

조금 전보다 더 빠른 속도로 킥킹 자세로 바뀌더니 순식간에 공을 뿌렸다.

　쇄애애애애앳.

　다시 귓가를 울리며 들려온 굉음.

　퍼어엉!

　"크윽!"

　포수의 손을 보호하기 위해 여타 시중 물건들과 다른 포수 미트와 글러브.

　보호대가 전혀 작업되지 않은 물건처럼 공이 주는 충격이 그대로 전해졌다.

　"스, 슬라이더!"

　손바닥에 전해지는 충격에 외마디 비명을 지르며 뒤로 엉덩이가 밀린 루니의 귀에 들리는 폴의 음성.

　영혼 없는 목소리처럼 얼떨떨한 음색이다.

　'슬라이더? 직구가 아니라?'

　그제야 루니는 자신이 또 공의 궤적을 놓쳤다는 것을 알았다.

　분명 직구처럼 보였고 그렇게 생각했다.

　그런데 심판을 본 폴이 슬라이더라고 외쳤다.

　그렇다면 루니가 제대로 보지 않았다는 것.

　사실 지금 같은 강속 직구 하나만으로도 선발에 들 수

있다.

여기에 제구가 가능한 슬라이더까지 구사한다면 얘기는 처음부터 달라진다.

지금까지와는 차원이 다른 얘기를 해야 한다.

'여, 여기에 커브라도 하나 장착하면⋯⋯.'

루니는 몸이 떨리는 것을 느꼈다.

털썩 운동장 바닥에 주저앉아 상상하는 것만으로도 부르르 몸이 떨려온 것이다.

당장 실제 경기에 내놓아도 원투 펀치가 가능한 최상급 선발 요원으로 손색이 없었다.

"9, 97마일입니다!!!"

그리고 또다시 들려오는 97마일이라는 소리.

'미친!!!'

벌떡.

퍼억!

"컥!"

그 소리에 자리에서 벌떡 일어난 루니.

갑자기 일어난 루니의 어깨에 느닷없이 턱을 가격당한 폴이 짧은 비명을 토했다.

'그게 말이 돼?! 슬라이더가 97마일이라니!'

직구 구속이 107마일까지 나오는 메이저리그.

하지만 슬라이더는 고작해야 90마일이 최고였다.

그런데 97마일이 나왔다고 말하는 것이다.

'마구다! 마구!'

타자가 가장 상대하기 어렵다는 너클볼도 이보다는 못할 것이다.

직구와 커브의 중간 구질인 슬라이더.

90마일 대만 되어도 대단한 위력이다.

그런데 97마일을 찍었다.

분명 몸도 제대로 풀지 않은 상태에서 던진 공이다.

"하나 더 던질까요?"

"아, 아니, 됐습니다."

투수석에서 강민이 물었다.

루니는 자신도 모르게 존칭을 하며 손사래를 쳤다.

실력이 곧 깡패인 메이저리그.

이미 강민은 이 자리에서 일개 스카우터가 어떻게 해보기에는 그 파이가 너무 컸다.

'호오, 슬라이더가 97마일이라고?'

두 스카우터를 경쟁하게 하고 참관자로 자리를 지키던 제시카도 감탄하기는 마찬가지였다.

직구 구속 97마일만으로 상품성은 이미 확인된 상태였다.

그런 상황에서 슬라이더까지 갖췄다는 것이 플러스알파 요인으로 작용하고 있다.

터더덕.

포스 미트와 보호구를 내던지며 루니가 달려왔다.

"제시카, 나 좀 살려줘!"

"루니, 그게 무슨 말이에요?"

"잘 알잖아. 지금 우리 팀이 꼴찌야. 이러다가 감독뿐만 아니라 다 잘리게 생겼어."

메이저리그 30개 구단 중 투자비용 5위 안에 드는 샌프란시스코 자이언츠.

하지만 순위는 뒤에서부터 다섯 번째다.

당장 팀을 구제해 줄 동아줄이 절실하게 필요한 상황이었다.

"루니, 그건 안 될 말이지. 정당한 계약을 통해야 한다고. 룰 위반인 거 몰라?"

어느새 루니 뒤에 와 붙어선 폴이 강경한 어투로 제재를 가하며 나왔다.

웬만한 실력 정도 수준이라면 그간의 정과 의리를 생각해서 인도할 수도 있었다.

하지만 이건 정도를 넘는 대박 상품이다.

직접 확인한 마당에 눈앞에서 놓칠 수는 없었다.

평생 후회할 게 뻔한 사태.

강민 같은 선수 한 명만 영입해 두어도 10년 동안은 편하게 스카우터 일을 할 수 있다.

절대 포기할 수 없는 상대다.

"폴 말이 맞아요. 루니, 이건 비즈니스예요. 오늘 이 자리도 루니 사정 봐서 참관할 수 있게 한 거 잘 알잖아요."

"아, 알았어. 하지만 기회는 공평하게 줘야 하는 거야, 반드시!"

"오늘 밤까지예요. 강민 선수가 빠른 시일 내에 아메리카로 가길 원하니까 비자 문제, 메디컬 테스트와 같은 이들을 빨리 처리해 주세요. 물론 계약과 연봉 관련한 내용도 함께 보내주고요."

"오늘 밤까지? 그건……."

"왜요? 안 돼요?"

"그, 그게 아니라 너무 시간이 촉박한 게 아닌가 해서."

"폴도 그렇게 생각해요? 루니, 급한 건 내가 아니에요."

목소리가 높아지지는 않았지만 세 사람의 신경전이 대단했다.

"너무 오랜만에 이런 자리가 생기는 건가요? 아시잖아요, 이 바닥 소문 금방이라는 거. 소문까지 내가 막을 수는 없어요."

"그래, 알았다고, 제시카."

"영영 기회를 놓치고 싶지 않다면 오늘 밤까지예요."

"음……."

제시카의 순수한 협박에 신음을 흘리고 마는 루니.

"제시카, 그럼 저녁에 전화하지."

"알았어요, 폴."

폴이 먼저 선수를 쳤다.

"나도 전화할 테니까 꼭 받으라고, 제시카."

"그럼요~ 비즈니스에 관한 한 오픈 마인드인 거 몰라요? 물론 전화도 마찬가지예요."

회심의 미소를 짓는 제시카.

"그럼 나 먼저 갈게."

타닥.

투수석에서 강민이 움직이는 것을 본 루니가 간단한 인사만 남기고 튀었다.

"저런 배신자 같으니라고!"

터더덕.

눈치 빠른 루니의 행동에 혹시 모를 위기(?)에 대응하기 위해 폴도 다급하게 강민을 향해 뛰었다.

"좋아요?"

두 사람의 스카우터가 강민을 겨냥해 뛰자 예린이가 다

가왔다.

뜻 모를 눈빛으로 제시카를 응시하며 묻는 예린이.

"그럼~"

"경고하겠는데요, 만약 민이 잘못되면… 가만있지 않을 거예요."

"……."

제시카는 예린이의 눈을 쳐다보았다.

평범한 여대생의 소리라면 그냥 무시할 수 있었다.

그러나 세계적 대기업 오성그룹의 일원인 것만은 무시할 수 없는 사실.

"그럼, 나도 충고 하나 할까?"

"……??"

"한때 선생님 입장이었던 사람으로서 제자에게 건네는 충고 정도로 받아들이면 될 것 같은데?"

눈빛에서 여유가 넘치는 제시카.

어린 여성 앞에 서 있는 제시카의 모습은 입에 베어문 미소와 표정에서 품위가 느껴졌다.

"사랑은 말이야……."

흠칫.

제시카가 입을 열자 흠칫 놀라는 예린이.

"어린애가 사탕을 얻기 위해 징징대는 것처럼 해서 얻어지는 게 아니야. 그건… 끝없는 자기와의 투쟁과 인내, 그리고 서로 소통 가능한 감정이 중요해."

제시카는 슬쩍 팔짱을 끼며 본격적으로 입을 열었다.

"무슨 말인지 이해할 수 있을까? 일방이 아니라는 말이야. 쌍방, 서로의 에너지 교환이라는 말이지."

흔들리는 예린이의 눈빛을 정확하게 응시하며 말을 잇는 제시카는 이미 무언가를 알고 있는 눈치였다.

"…선생님이나… 잘하세요."

"호호, 물론이지~ 난 지금껏 내가 목표한 것을 모두 얻어왔어. 그게 무엇이 되었든지 말이야."

아직은 사람의 관계가 어떤 건지 많은 경험을 해보지 못한 예린이의 취약점을 잘 알고 있는 제시카의 발언이었다.

예린이에게 간접적 선전 포고를 하는 것이었다.

제시카의 얼굴에서 차가운 미소를 처음 보는 예린이.

"글쎄요, 여긴 미국이 아니고 대한민국이라는 걸 잊지 않으셨으면 좋겠어요. 모르시나 본데 우리 속담에 이런 말이 있어요. 신토불이가 최고여라는. 무슨 뜻인 줄 아세요?"

예린이는 최대한 긴장을 푼 채 의연하게 받아들였다.

이미 며칠 전부터 강민의 진로를 안 뒤부터 마음을 다스리고 있었던 터였다.

다시 감정을 휘저어놓으려는 제시카의 의도를 눈치챈 예

린이.

우리 것이 최고라는 신토불이 옹호 발언을 했다.

사람과 사람 사이에도 적용되는지는 모르지만 말이다.

한마디도 지고 싶지 않았다.

깊은 산중 한 나와바리에 암컷 호랑이 두 마리가 자리를
잡을 수는 없는 법.

휘이잉 휘이잉.

잔잔하게 한강 줄기를 타고 불어온 바람이 제시카와 예
린이를 스치며 지나갔다.

떡 줄 사람 생각도 않는데 두 사람은 김칫국부터 마시고
있냐고 비웃는 듯했다.

제7장
고향

"정 대리! 유튜브에 올라온 거 봤어?"

"네? 유튜브요? 뭐 말이에요?"

타닥 타다닥.

사방에서 자판 두들기는 소리가 요란하게 울리는 사회부 기자실.

마감 시간이 얼마 남지 않아 기자들의 마음이 바빴다.

정아람도 마찬가지.

건성으로 대답하며 모니터에서 눈을 떼지 않았다.

"정 대리!"

시큰둥 대답하는 정아람을 향해 평소 친하게 지내던 선배 기자가 큰 소리로 불렀다.

"강민 야구 동영상이라는데!!"

정아람은 그 소리에 자판을 두들기던 손을 뗐다.

"네? 가, 강민요?"

강민이라는 이름 두 글자에 자리에서 벌떡 일어난 정아람.

"강민? 어, 그 천재 소년?"

"실종된?"

"뭐야! 다시 나타난 거야?"

갑자기 정아람의 되묻는 질문에 기자실 전체가 술렁거렸다.

타다닥.

정아람은 의자를 밀치고 선배 기자 책상으로 득달같이 달려갔다.

그새 얼굴색이 하얗게 질려 버린 정아람.

"이거 봐. 이거 강민 맞잖아."

"어? 진짜네요?"

"와아! 저 사람들 뭐야. 메이저리그 스카우터들 아냐!"

"어라? 저 남자 다저스 스카우터 폴 레스먼 맞네!!"

우르르 몰려든 기자들 사이에서 스카우터 이름이 터져

나왔다.

동영상 속 인물은 분명 강민이 맞았다.

물론 유명한 다저스 스카우터인 폴도 확실했다.

펑!

"와아! 엄청난 구속이네."

"봤어? 150킬로는 거뜬히 넘겠는데?"

한두 번 스포츠 부서를 거쳐 온 기자들의 입에서 탄성이
터졌다.

"엇!"

그리고 그들 틈을 비집고 들어온 정아람.

짧은 신음을 토했다.

퍼엉!

"어라? 저거 직구가 아니잖아."

"슬라이더 같은데 저렇게 빨라도 되는 거야?"

"와아아! 진짜 끝내주는데."

야구 취재 경험이 있는 남자 기자들은 대놓고 탄성을 터
뜨렸고 흥분은 쉽게 가라앉지 않았다.

"난지 야구장에서 오늘 촬영된 거 같은데……. 정 대리,
강민 돌아온 거 알고 있었어?"

"네? 네에……."

"뭐야! 반응이 왜 그래? 정말 알고 있었던 거야?"

정아람의 반응에 선배 기자가 되물었다.

"선배님! 그게 무슨 상관이에요. 완전 대박인데?"

"하하하, 정 대리! 축하해! 이거 딱 보니 강 기자 말대로 대박이 터질 조짐이 보이는데!!"

"강민이 야구도 잘하지 않았습니까. 메이저리그에 진출할 생각인가 본데요?"

"크으, 아깝네요. 정 대리만 아니었어도 내가 덤벼보는 건데 말이에요."

사방에서 정아람을 향해 부러운 시선을 보냈다.

암암리에 강민에 관한 기사는 정아람이 전담하는 것으로 굳어져 있는 상태였다.

속도 모르고 정아람을 부러워하는 사회부 기자들.

"……."

동영상에서 시선을 떼지 못한 정아람은 할 말이 없었다.

신분이 기자인 사람들은 생리적으로 특종을 잡기 위해 꿈을 꾼다.

그리고 그 꿈은 거의 통일 염원에 대한 것과 그 무게가 비슷했다.

기사를 보는 독자들은 알 길이 없겠지만 특종을 잡은 기자와 그렇지 못한 기자에 대한 대우는 엄격히 구분되었다.

한마디로 특종에 있어서는 기자들의 자존심 대결이 불가

피했다.

"정 대리! 잘되면 나도 좀 부탁해."

"나도 좀 부탁합니다!"

"올해 승진은 정 대리님 몫이겠군요. 하하."

사회부 소속이었지만 3년 전부터 강민에 관한 기사는 모두 정아람이 독차지해 왔다.

기자들 세계에서 내려오는 의리 비슷한 관례이기도 했고 윗선에서도 그렇게 처리하도록 했다.

"네⋯⋯."

입가에는 웃음을 짓고 있었지만 이미 얼굴색이 좋지 않은 정아람.

'이 자식, 언제 돌아온 거야!!!'

스마트폰으로 찍은 동영상 개인 동영상이라 많이 흔들렸지만 확실히 눈에 들어오는 강민.

키는 더 큰 듯했고 체격 조건도 더 좋아졌다.

거의 완벽한 상태.

이제는 누가 봐도 멋진 청년이 돼서 다시 나타난 것이다.

정아람은 가슴이 콩닥콩닥 뛰었다.

그러면서도 한쪽에서는 화가 치밀어 올랐다.

그동안 쥐도 새도 모르게 사라져 버렸다가 다시 나타나서도 전화 한 통 주지 않고 쌩까고 있다.

'당장 잠복이다!'

그러나 걱정하지 않았다.

어디로 가면 강민이 나타날지 빤히 알고 있었다.

오늘부터 당장 잠복에 들어갈 생각에 마음이 다시 바빠졌다.

"저 퇴근합니다. 양 기자, 기사 마무리해 놔!"

"넵!"

정아라은 밑에 기자에게 쓰던 기사를 던지고 부리나케 재킷을 챙겨 사무실을 빠져나갔다.

'미용실을 좀 들러?'

몇 년 전과는 확연히 달라진 자신의 모습.

그간 관리를 소홀히 한 것도 있었지만 일이 많아 피부의 탄력도, 근육의 탄력도 모두 떨어져 가고 있다는 것을 너무 잘 알고 있었다.

피부의 탄력이 떨어지면서 주름도 많아졌다.

더구나 운동 부족으로 근육양은 줄고 바스트 사이즈도 눈에 띄게 작아졌다.

'강민, 기다려라. 이 누나가 간다!'

3년이라는 시간이 지났지만 아직 어린 나이다.

장가를 갔을 것 같지는 않다.

여전히 현재 진행형으로 잡기만 하면 초대박을 터뜨리고

도 남을 로또와 같은 상대.

이제는 아무것도 상관없었다.

요즘 세상에 열댓 살 연상도 전혀 흉이 되지 않는다.

정아람의 심장이 심하게 뛰었다.

걸음은 지난 몇 년 동안의 그 어느 때보다 가벼웠다.

끼이익.

'외제차가 좋긴 좋아~'

싼 게 비지떡이라는 말처럼 비싼 건 제값을 한다는 말도
있다.

차라고 다르지 않았다.

구입한 지 몇 년 됐다고 하는데 고작 주행 거리는 1만 킬
로미터 정도다.

강남 한복판에서 흔하게 볼 수 있는 차지만 컬러가 파란
색이다 보니 더 눈에 확 띄었다.

가는 곳마다 시선을 끌어당기는 건 어쩔 수 없었다.

주행을 해도 파킹을 해놓아도 눈에 띄는 차를 끌고 도착
한 곳.

'오랜만이네……'

간단하게 테스트를 마치고 예린이를 데려다준 후 3년 전
내가 살던 집에 왔다.

저녁 9시에 제시카와 미팅 약속을 해놓은 상황.

그전에 시간을 쪼개 찾아온 동네.

'오늘은 인사를 드려야 해.'

며칠 전 서울에 복귀했지만 적당한 시간을 낼 수가 없었다.

하지만 더 시간을 지체할 수 없는 상황에서 오늘은 장씨 아저씨 가족들이 몇 번 떠올랐다.

처음 갈 곳을 정하지 못하고 있을 때 이것저것 묻지 않고 아들이 쓰던 옥탑방을 내주었던 장씨 아저씨.

그리고 그 가족들이 베풀어주었던 인정.

난지 야구장에서의 테스트 결과가 나오고 일이 순서대로 진행되면 여권과 비자가 급행으로 나올 거라 했다.

따로 시간을 낸다는 게 불가능해질 것이다.

미국에 들어가기 전에 여러 정보도 취합해야 한다.

또 틈틈이 예린이 보디가드 역할도 충실해야 하고 말이다.

그런 만큼 오늘이 가장 제격이다.

기어코 따라나서겠다는 예린이를 떼어놓고 나오는 데 시간이 좀 지체되었다.

제시카 얘기만 나오면 예민해지는 예린이.

사실 나는 그녀의 마음에 관심이 없었다.

하지만 분명한 것은 나의 미래를 위해, 그리고 사업적으로 제시카가 반드시 필요했다.

'변한 게 없네.'

4층짜리 스타 원룸 앞에 차를 세웠다.

처음 마주했던 순간처럼 그 자리 그대로 서 있는 듬직한 덩치의 스타 원룸.

3년이라는 시간이 무색하리만큼 변한 게 없었다.

당시 살고 있던 세대들은 바뀌었을지 모르지만 주인집은 그대로일 것이다.

나는 4층을 올려다보았다.

불이 켜져 있다.

그 위 옥상도 눈에 들어왔다.

'두 분 모두 별일 없으시겠지…….'

고시 패스는 실패했지만 함께 공부했던 친구분들이 다 잘됐다고 했던 장씨 아저씨.

자본과 인맥이 탄탄했으니 함부로 당하거나 하지는 않았을 것이다.

무지할수록 이것저것 따지는 게 많아지는 법.

이 세상은 따지는 게 많아진 세상임은 분명했다.

딸깍.

차 문을 열었다.

탁.

가볍고 부드럽게 열리는 문.

덜컹.

뒤로 돌아가 트렁크를 열었다.

'이거 한 병이면 다 용서하실 거야.'

예린이의 가족들에게 한번 풀어 큰 수확을 얻었던 백초 건강만세주의 탈을 쓴 백사주.

간단한 작업을 통해 보기에 흉측한 뱀은 땅에 묻어버렸다.

남은 것은 그럴싸한 약초 냄새 가득 배인 액체가 다다.

본래 백사라는 놈이 이것저것 잡스러운 것을 먹는 놈이 아니었다.

귀한 영초를 먹어 탈피한 놈이라 냄새도 약초향을 풍겼다.

나는 자기 병을 꺼내고 트렁크를 닫았다.

주방 도우미분에게 받은 백자 담금주 자기병이다.

있는 집답게 맞춤형 담금주 병이 차고 넘쳤다.

'예비 사위 인사 가는 모양이군.'

예린이가 직접 골라서 코디해 준 고가의 럭셔리 스타일.

지금 내 모습은 결혼을 승낙받기 위해 여자집을 찾아가는 남자 같았다.

액세서리 하나까지 신경을 써준 덕에 귀티가 잘잘 흘렀다.

이곳에서 살 때 나는 교복과 트레이닝복 몇 벌이 의복 전부였었다.

'다들 잘 계시겠지…….'

여느 날과 다를 리 없을 월요일 저녁 시간.

장씨 아저씨와 큰누님은 집에 계실 것이다.

세아 누나와 이제 고등학교 3학년이 되었을 세라는 집에 없을 수도 있다.

저벅저벅.

술이 담긴 자기 병을 손에 들고 스타 원룸으로 들어섰다.

파슷.

'응?'

순간 예민하게 발달한 나의 감각에 잡힌 낯선 기운.

'저건 뭐야?'

약 100미터 가량 떨어진 원룸 건물의 열린 창문 쪽이다.

그곳에서 나를 살피고 있는 낯선 시선이 정확하게 느껴졌다.

그것도 카메라 셔터를 누르는 소리도 들렸다.

'감시자?'

아직 끝나지 않은 사건의 연장선에 서 있다는 기분.

퍼뜩 머릿속을 스치며 지나간 감시자.

'아직도… 나를 노린다는 말이지.'

잊지 않고 나를 아직도 기억하고 있는 누군가가 나를 감시하고 있다는 결론을 내렸다.

파르르.

그간 암암리에 가슴에 묻어두고 지내온 새파란 불꽃같은 분노가 치밀어 올랐다.

자신들의 욕망과 이권 다툼 한가운데 나와 주변 사람들까지 위험에 빠뜨리기를 주저하지 않았던 자들.

어둠의 무리들이다.

본래가 걸레로 쓰일 물건은 다른 용도로 쓴다 해도 태생을 바꿀 수는 없는 법.

누군지 확인할 길은 없지만 나를 잡기 위해 장씨 패밀리를 감시하고 있었던 것이리라.

'가만히 두지 않겠어.'

내가 보지 못했다면 모를까, 대한민국을 떠나려고 마음을 먹은 상황.

손끝 하나라도 장씨 아저씨 가족들을 건든다면 용서하지 않을 것이다.

결코 3년 전의 내가 아니다.

당시처럼 들리는 대로 보이는 대로 믿고 순진하게 움직

이지는 않는다.

멍청하게 당하지도 않을 것이다.

솔직히 양 도사와 여러 사건에 연루되어 있는 것들에서 벗어날 수 있는 방법을 모색한 것이 미국행이다.

그래야 아직 펼치지 못한 나의 꿈도 펼칠 수 있을 테니까 말이다.

출국할 때까지 조용히 시간이 흘러가기를 바랐다.

대한민국을 떠나기 전까지만이라도 말이다.

하지만 내가 바라는 대로 되지 않는다면 나 역시 어떻게 나갈지 나도 모른다.

찰칵찰칵.

내가 시선을 거두고 스타 원룸 건물 안으로 들어가자 더 선명하게 들려왔다.

주변에서 들려오는 생활 소음과는 확실히 구별되는 카메라 셔터를 누르는 소리가 연달아 들렸다.

당장 달려가 언놈인지 확인하고 싶었지만 그럴 수 없다.

증거가 없다.

상대가 누가 되었든 우기면 장땡이인 상황이다.

'맘대로 찍어라. 대가는 나중에 치르게 될 테니까.'

대신 얼마 남지 않은 시간 동안 긴장을 늦추지 말아야 할 이유가 생겼다.

혼자 살아가는 세상이 아닌 이상 나와 인연하는 이들의 안전에까지 무심해질 수 없는 나.

조용히 마음을 다졌다.

스윽.

고개를 돌렸다.

그리고 카메라 셔터를 누르고 있는 곳을 향해 웃었다.

씨익.

그것도 새하얀 치아가 도드라져 보일 만큼 활짝 미소 지으며 손을 들었다.

번쩍!

손을 얼굴 가까이에 대고 가운데 손가락을 번쩍 치켜세웠다.

'엿이다! 짜샤!'

어차피 부딪혀야 할 운명들은 어디서든 다시 만날 수밖에 없다.

나의 운이고 놈들의 불운이 될 것이다.

대한민국을 떠나기 전 그들이 나를 찾아온다면 청산의 기회가 나에게 주어지는 것이다.

대신 그들에게는 운명의 날, 화려한 인생의 마지막 날이 될 것이다.

치이익 치이익.

"파전 아직 멀었어?"

"다~ 됐어요."

"흐흐, 새끼들도 없는데 오붓하게 시간 좀 즐기자고."

"호호호, 이 양반이 나이 들수록 주책이야."

"이 사람이, 내가 왜 늙어! 동네 노인정 현판 안 봤어? 인생은 육십부터!!"

"호호호, 그럼 당신과 나는 애기네요?"

"맞아~ 그거라고. 당신과 나는 노인정 문 앞에서 쫓겨난다고. 팔팔한 영계라니까."

기름 냄새가 맛있게 사방에 퍼져 있는 널찍한 주방.

알맞게 잘린 오징어와 생굴을 듬뿍 섞은 부침 반죽.

프라이팬에 가지런히 놓은 실파 위에 쏟아지며 넓게 퍼지면 듣기 좋은 소리를 낸다.

모듬전을 전문으로 하는 음식점에서 보던 파전도 강 여사의 손끝에서 만들어지는 맛깔스러운 전을 따라올 수 없을 정도다.

장기남은 냉장고 문을 열고 낮에 사다 넣어놓은 쌀 막걸리를 꺼내 식탁에 놓는다.

탁!

강 여사는 얼추 익어가는 파전을 한 번에 뒤집는다.

"오오오~ 당신 파전 부치는 솜씨는 내 인정한다니까."

"그럼요~ 내가 한 솜씨 하죠~"

먹음직스럽게 노릇노릇 익은 파전을 보며 장기남의 군침을 삼킨다.

요즘 들어 두 사람에게 자주 주어지는 여유로운 시간.

부부라는 것이 함께 지내온 시간이 많았던 만큼 힘들지 않게 현명한 시간을 보낼 수 있는 존재들.

요가에 빠져 9시가 넘어야 집에 들어오는 세아.

그리고 학교에서 늦은 시간까지 공부를 하는 세라 덕분에 얻게 된 오붓한 시간.

세라도 한국 고등학교에 들어가면서 수험생이 겪는 스트레스는 거의 없어졌다.

한국 고등학교에 다닌다는 것 자체만으로 이미 대한민국 내 어느 대학이든 골라 들어갈 수 있었다.

세아 역시 혼기가 꽉 차긴 했지만 걱정하지 않았다.

요즘도 간간이 들어오는 선 자리.

워낙 미모가 출중한 데다 장기남이 보유하고 있는 자본이 넉넉해 남자들이 줄을 섰다.

가뜩이나 요즘 시대는 여성들이 서른 넘어 결혼하는 게 보통이라 노처녀 소리도 안 들었다.

세상만사 근심 없는 장기남과 강 여사는 중년에 들어서

제2의 신혼을 맞고 있었다.

현실은 장기남이 나이가 들어 예전만 못했지만 함께한 세월만큼 정이 쌓여 서로가 애틋했다.

"자~ 다 됐어요~"

터억.

넓은 토기 접시에 커다랗게 부친 파전을 올려놓은 강영자 여사.

사십대 후반의 중년 여성이 되었지만 크게 변한 게 없는 얼굴이다.

운동도 열심히 하고 피부 관리에 체내 독소 관리까지 하고 있는 강 여사.

그러다 보니 피부에는 잡티 하나 보이지 않았다.

우월한 유전자 덕에 몸매도 아직 흐트러지지 않았고 누가 봐도 사십대 후반 여성으로 보이지 않았다.

지금도 차려입고 밖에 나가면 중년 남성들의 눈길을 사로잡았다.

"어화둥둥~ 내 사랑~ 한잔 받으시오~"

차가운 맥주나 소주 대신 요즘 쌀 막걸리에 취미를 붙여 자주 마시는 장기남.

"호호호, 고마워요~ 서방님."

여느 부부들처럼 갖은 사연들을 함께 풀어온 부부.

여유로운 중년 시절을 보내고 있었다.

30년 가까운 세월을 보낸 만큼 서로가 서로에게 보내는 눈빛은 서로의 마음을 잘 전달했다.

"우리의 건강한 중년을 위해! 건배!"

"가정의 행복을 위하여~!"

통.

두 사람은 하얀 쌀 막걸리를 가득 채운 대접을 부딪쳤다.

그리고 거침없이 목으로 넘기는 두 사람.

"캬아~ 좋다!"

먼저 잔을 비우고 시원하게 탄성을 지르는 장기남.

"요즘 막걸리 참 맛있어요. 숙취도 없고 입에서 냄새도 안 나잖아요."

강 여사가 한 모금 정도를 남긴 대접을 바라보며 말했다.

"재료가 좋잖아. 발효 기술도 좋아졌고. 젊어서 막걸리 먹고 여자랑 뽀뽀하는 거 상상이나 했겠어?"

"호호호, 그건 그래요."

사각사각.

젓가락으로 접시 위에 넓게 퍼진 파전을 크게 쫙쫙 찢어 한 입 커다랗게 쑤셔넣는 장기남.

와작와작.

고소한 맛이 입안을 가득 채웠다.

"여, 역시 마누라 솜씨는 최고야~"

장기남은 입안 가득 파전을 넣은 채 엄지손가락을 치켜세웠다.

"당신이랑 이렇게 둘이 마셔도 좋은데 애들까지 있었으면 얼마나 좋을까요. 세아 시집가고 세라도 대학교 들어가면 얼굴 보기 더 힘들어질 텐데……."

한껏 기분이 좋은 장기남과 달리 세아와 세라가 없는 저녁 시간이 아쉽기만 한 강영자.

"어차피 다 품 안의 자식이라잖소. 언젠가는 다 떠날 철새들이오. 뭔 걱정이오. 언제나 당신만을 해바라기 하는 내가 있는데 말이오. 흐흐흐."

30년을 함께해 온 세월이 무색하리만큼 장기남의 눈빛에는 애정이 넘쳤다.

아직도 젊은 시절 처음 만났을 때만큼이나 고와 보이는 강영자.

장기남은 그런 강 여사를 향해 게슴츠레 눈을 뜨고 입가에 음흉한 미소를 지었다.

"오늘따라 왜 이렇게 끈적거려요~ 애들이라도 오면 어쩌려고~"

장기남의 노골적인 유혹에 얼굴을 붉히는 강영자 여사.

아직도 낯빛에서 소녀 같은 순수함이 묻어났다.

"이 시간에 오긴 누가 와. 월세도 다 찼고 저녁 시간 방문은 사절이란 걸 원룸에 사는 사람 다 아는데… 마누~ 라~"

막걸리도 한잔했겠다 나지막한 목소리로 강 여사를 부르며 다가오는 장기남.

얼굴이 붉게 상기되었다.

"그래도……."

몸은 중년 여성이었지만 마음만은 장기남을 처음 만났을 때와 전혀 달라진 게 없는 강영자 여사.

다가오는 장기남을 향해 몸을 틀며 배배 꼬았다.

"오늘따라 더 예쁜 것 같아, 내 심장이 뜨거워……."

"이이는……."

남편의 애정 표현이 싫지 않은 듯 얼굴이 분홍빛으로 더욱 물드는 강영자 여사.

장기남은 잔에 막걸리를 반잔 정도 더 채웠다.

꿀꺽꿀꺽.

그리고 단숨에 들이켰다.

"여보……."

잔을 다 비운 장기남이 자리에서 일어났다.

"……."

대답도 없이 장기남의 두 눈을 응시하는 강 여사.

아직은 초저녁이었지만 분위기는 알맞게 젖어들었다.

시간 또한 널널한 데다 특별한 일이 없고는 두 딸도 늦은 시간에나 귀가할 것이다.

전혀 문제없는 두 사람만의 시간.

그때,

띵똥!!

갑자기 울린 현관 벨소리.

"어머, 누가 왔나 봐요."

후다닥.

한참 뜨뜻하게 끓어오르던 분위기와 공기가 시베리아 한 품을 맞은 듯 확 식어버렸다.

순간 끓어올랐다 식는 남자와 달리 여자는 분위기에 죽고 사는 법.

늙어도 분위기는 제대로 맞춰져야 하는 것이다.

"이 시간에 누구야!"

아직 식지 않은 수컷의 본능이 지글지글 분노로 표출되었다.

"애들이 왔는지도 모르죠."

"무슨 소리야, 애들이 무슨 벨을 눌러. 전자키 있잖아!"

"……."

짜증 섞인 목소리로 대꾸하는 장기남을 뒤로하고 현관 모니터를 확인하는 강 여사.

살짝 타이밍이 아쉽긴 했지만 어차피 밤은 길었다.

대놓고 성질을 부리려는 장기남과는 다른 반응을 보였다.

"에그머니나!"

"왜, 왜 그래?"

모니터를 확인하던 강 여사가 화들짝 놀라며 장기남을 돌아보았다.

그 모습에 자리를 털고 달려온 장기남.

"헉!"

역시 모니터에 보이는 남자의 모습을 확인하고 눈이 화등잔만 하게 커졌다.

"미, 민이예요……."

"이 녀석이!!!"

터더덕.

놀란 마음을 뒤로하고 서둘러 현관문을 격하게 열어젖힌 장기남.

끼릭.

급한 마음과는 달리 전자음을 내며 천천히 열리는 현관문.

"민아!!!"

문 앞에 떡하니 서 있는 강민을 향해 호랑이가 포효라도 하듯 크게 이름을 불렀다.

"하하하, 누가 보면 집 나간 아들 맞는 줄 알겠습니다."

와락.

어제 본 것처럼 당연하다는 듯 대꾸하는 강민을 와락 껴안는 장기남.

변한 것이 없었다.

"어디 갔다 이제 오냐!"

"호호, 민아~"

"안녕하세요! 큰누님~ 여전히 아름다우신데요~"

"어서 들어와 어서. 넌 더 멋있어졌다~"

키가 작은 장기남이 강민을 품에 안고(?) 있는 사이 뒤에서 강 여사가 강민을 흡족한 눈빛으로 바라보았다.

"들어가자, 어서 안으로 들어와."

또 어디론가 사라져 버릴 것 같아 불안한 듯 장기남은 강민을 꼭 부여잡고 현관 안으로 끌고 들어왔다.

"고향에 온 것 같아요."

집 안에 들어서며 활짝 웃는 강민.

"그럼~ 너라면 언제라도 환영이란다."

얼굴에서 미소가 가시지 않는 강영자 여사.

처음 이 집에 왔을 때부터 살갑게 굴던 강민이었다.

그때를 잊은 적이 없는 강 여사.

중학교 다니던 세라를 구하기 위해 자신의 몸을 아끼지 않고 위험에 뛰어들었던 듬직한 소년이 멋있는 청년이 돼서 돌아왔다.

'아휴~ 세상에, 훈남이 됐네.'

3년 전 온다 간다는 말도 없이 홀연히 사라져 버렸던 강민.

그때만 해도 어딘가는 어린 모습이 남아 있었다.

하지만 오늘 이렇게 눈앞에 서 있는 강민은 전혀 미성년자 같은 모습은 없고 멋있는 청년의 모습이다.

키는 더 커졌고 소년 같았던 얼굴선은 더 굵어져 진짜 남자다워졌다.

요즘 텔레비전을 장식하는 예쁘장하고 아담한 남자애들과는 차원이 달랐다.

"언제 돌아왔냐? 그동안 설악산에 있었던 게야?"

강민을 끌다시피 소파에 앉힌 장기남이 물었다.

"민아, 밥은 먹었니?"

"네, 먹고 왔습니다."

"어디서?"

"아는 분 집에서 먹고 왔습니다."

"아는 분?"

"네, 친구 집에서요."

"아! 그래……."

강민의 말에 살짝 서운함을 드러내는 강 여사.

"이 녀석! 서울에 왔으면 당연히 여기로 와야지, 왜 남의 집에서 신세를 져! 당장 짐 옮겨라. 네 집은 여기 옥탑방이야!"

"그래, 아직 그대로 비워뒀단다. 민아, 옮겨~"

장기남의 말을 강 여사 함께 거들었다.

"미국 진출 때문에 어쩔 수가 없었습니다. 서울에 도착한 지 며칠 안 된 데다 이것저것 처리하다 보니 이제야 시간이 났습니다."

"미국 진출?"

서운한 것도 잠시 장기남이 두 눈을 커다랗게 뜨고 다시 물었다.

"네, 스포츠 특기로 미국 에이전트사와 계약을 했습니다."

"정말? 골프로?"

그동안 무슨 일이 있었는지 전혀 알 리 없는 두 사람은 궁금함에 어쩔 줄 몰라 했다.

소식 없이 지낸 시간이 3년이다.

얼마 만에 돌아온 아들의 소식을 묻듯 두 사람의 모습에 정이 가득 담겨 있었다.

"아닙니다. 야구 선수로 가게 됐습니다."

"야구? 네가 야구도 그렇게 잘하는 거냐?"

"아주 못 던지지는 않습니다. 대충~ 던집니다."

"대충은 무슨~ 우리 민이가 한다면 하는 앤데… 아마 대단히 좋은 조건으로 가는 거겠지. 그렇지, 민아?"

강 여사가 예리한 직감을 발동했다.

"하하, 아직 확정된 게 아니라 잠시 뒤에 협상 때문에 만나기로 했습니다."

"오늘? 이 시간에?"

"네."

"그럼 바로 간다는 거야?"

"아무리 그래도 그렇지. 이렇게 와서 또 가버리면 우린 뭐가 되겠냐. 세아랑 세아도 널 얼마나 궁금해하는데…….."

장기남의 얼굴의 또다시 서운한 감정이 잔뜩 퍼졌다.

"일이 급하게 진행되다 보니 그렇게 됐습니다. 미국 가기 전에 자주 찾아뵙겠습니다."

"그래, 한창 일할 때니까…….."

장기남 옆으로 비켜 앉아 있던 강 여사가 이해한다는 듯 고개를 끄덕이며 혼잣말처럼 흘렸다.

"그럼 술 한잔하자. 이제는 뭐, 당당히 마셔도 되는 나이이니 진하게 집에 돌아온 것을 축하해야지."

여전히 강민의 한쪽 손을 놓지 않고 있던 장기남.

강민의 손을 끌고 다시 주방으로 이끌었다.

"차를 가져왔습니다. 다음에 마시겠습니다."

"차?"

"어머! 벌써 운전을 하는 거니? 차도 있는 거야?"

"네, 친구 어머님께서 며칠 쓰라고 내주셨습니다."

"그, 그렇구나."

"무정한 녀석 같으니라고. 이렇게 도깨비처럼 나타나서 또 그렇게 간단 말이야? 우리 서운한 것은 안중에도 없는 것이냐?"

"죄송합니다. 며칠 내로 시간 내서 다시 찾아오겠습니다. 그리고 이건 선물입니다."

"이, 이건 뭐냐! 이런 거 필요없다."

장기남은 강민이 내민 자기병을 슬쩍 거절하는 시늉을 했다.

공짜라면 자다가도 일어나는 장기남.

"자, 받으세요, 아저씨. 특별히 준비한 겁니다."

"뭐, 뭔데?"

"백초건강만세주인데 약주입니다. 설악산에서 지난 3년 동안 아저씨 생각하며 온갖 약초를 채집해 특별히 담근 술이에요."

"오~! 술 이름 한번 거창하구나!"

금세 화색이 돌기 시작한 장기남의 얼굴.

"하루에 한 잔씩 한 병 다 드시면⋯ 환갑 때까진 병치레
없이 보내실 수 있을 겁니다."

"그, 그 정도냐?"

장기남이 의심스러운 눈빛으로 강민을 바라봤다.

"절대 두 잔 이상 마시면 안 됩니다."

"왜?"

강민이 재차 강조하자 옆에서 강 여사가 끼어들었다.

"그게⋯ 남자들에게 참 좋은 거⋯ 그거 있잖습니까."

"⋯⋯!!"

강민의 말에 무슨 뜻인지 짐작을 한 장기남의 눈이 커다
랗게 떠졌다.

"어머~ 이렇게 귀한 술을."

말이 끝나기가 무섭게 강민과 장기남 사이에 있던 자기
병을 낚아챈 강 여사.

"고, 고맙다."

청춘이 저물어 가는 오십대 아저씨들에게는 절실하게 필
요한 선물.

자기병은 안주인 강 여사 손에 들렸지만 장기남의 손에

잡힌 강민의 손에 힘이 들어갔다.

장기남이 고마운 마음을 전하느라 강민의 손을 꼭 잡았다.

"별말씀 다하십니다~ 두 분은 제 마음의 부모님과도 같으십니다."

강민의 진심이 담긴 한마디.

따뜻한 마음이 고스란히 담겨 있었다.

"그래, 이렇게 찾아와줘서 고마워."

날이 갈수록 정이 메말라가는 서울의 삶.

각박한 세상에서 아무리 인정을 베풀어도 돌아오는 것은 말없는 헤어짐뿐이었다.

스타 원룸에 들어 사는 세입자들도 마찬가지.

강민도 그런 사람들 중 한 사람일 수도 있겠다고 위안을 삼으며 얼마간은 지냈었다.

그러나 잊지 않고 3년이라는 시간을 보낸 후에 이렇게 찾아와 준 강민.

그에 대해 진심으로 고마움과 위안을 느낀 두 사람이었다.

장기남과 강 여사.

그리고 강민 세 사람은 오랜만에 만났음에도 어제 본 사람들처럼 정을 나누었다.

3년이라는 시간은 아무런 의미가 없었다.

마음이 통하고 정이 통하는 이들에게 잠깐의 시간은 그 긴 시간을 건너뛰기에 충분했다.

고향에 돌아온 아들을 맞는 듯 장기남과 강영자 부부는 따듯하게 강민을 바라보았다.

중년의 두 부부만 있던 공간에 강민이 들어오면서 집 안 공기가 달라졌다.

사람이 나고 드는 자리가 금방 티가 났다.

제8장
그리운 것들은……

"아우! 저 씨벌놈을 그냥!"

하루이틀 숨어 있었던 것이 아니다.

방금 전 어떻게 알았는지 불까지 끈 방을 정확하게 응시했던 놈.

사진 몇 장을 찍었을 뿐인데 제대로 본인을 겨냥해 뻑큐를 날리고 스타 원룸 안으로 사라졌다.

감시 목표물이 다시 나타났다는 정보를 입수하고 난 뒤며칠 동안 바짝 긴장한 채 대기하고 있던 이들.

지난 3년 동안 장기남을 비롯해 주변 사람들까지 철저하게 감시해 왔다.

그 일의 마무리가 코앞이다.

타깃으로 삼았던 목표물이 다시 나타나면서 길고 길었던 감시자 생활도 막을 내리고 있었다.

"사장도 독하지. 3년 동안이나 짱박아서 감시를 하냐."

"그래도 월급 안 빠지고 준 게 얼마냐!"

"아우! 내 저 새끼 손볼 때 면상 제대로 갈아버릴 거다!"

2인 1조가 되어 3년을 살았다.

하는 일에 비해 보고가 좋아 참고 해왔던 일이다.

시간의 제약 말고는 부족한 것이 없었다.

두 사람이 지내기에 꽤 넓은 공간의 원룸이 제공되었고 필요한 것들은 모두 조달해 주었다.

"다른 새끼들도 이제 철수하겠군!"

"그러겠지, 그 새끼들도 질렸을 거야."

스타 원룸 인근에 자리 잡은 감시자들은 이들뿐만이 아니었다.

주변에 몇몇 감시자가 더 있었다.

"어? 저기 큰 딸내미 온다!"

"흐흐, 언제 봐도 끝내주지 않냐? 죽인다니까."

"저년하고 작은 년 보는 재미로 버텼는데… 쩝쩝."

"아우~ 성질 같아서는 확 한번 채오는 건데… 아쉬워!"

"크크크, 그러다 빵에 가는 수가 있어. 몰라서 그래?"

"말이 그렇다는 거지 쉐꺄야."

"저 집 버튼 하나면 파출소에서 3분 안에 튀어온다고."

스타 원룸에 관한 한 거의 모든 것을 파악해 놓은 자들이다.

강남에서도 주택가였지만 대로변이 가까워 유동인구 또한 적지 않았다.

괜히 성질에 못 이겨 잘못 건드렸다가는 일이 틀어지기 일쑤.

곧바로 짭새 출동에 잡혀 들어가기 좋았다.

스윽.

망원렌즈를 낀 카메라를 들고 멀리 보이는 길을 응시했다.

스타 원룸 건물로 걸어 들어가는 장기남의 큰딸 장세아.

그녀를 바라보는 눈빛이 음흉하기만 한 남자들.

입가에 소름끼치는 미소가 번졌다.

두 눈동자에는 더러운 욕망이 가득했다.

자신을 지켜보는 눈이 있는지도 모르고 성숙한 여성의 매력을 잔뜩 뿌리고 들어가는 장세아.

늘씬한 몸매에 큰 키.

차가워 보이는 무표정한 얼굴이 매력적인 여성이다.

이십대 후반 여성 같지 않게 아직도 앳된 모습이 엿보였다.

"다 됐으니까 보고 때려."

"오케이~!"

카메라에 담은 사진들을 전송하면 오늘 일은 끝난다.

서둘러 메모리칩을 빼내 동료에게 건네는 한 남자.

머리카락이 짧은 스포츠머리에 인상이 지랄맞게 생겼다.

장세아의 모습이 보이지 않을 때까지 뚫어져라 망원렌즈를 쳐다보던 자다.

"여전하네."

흐른 것은 시간뿐인 듯했다.

3년의 시간이 훌쩍 흘러 버렸음에도 전혀 달라진 게 없는 옥탑방.

아무래도 매일 청소를 해온 듯 쓰레기 하나 먼지 한 톨 보이지 않았다.

휘리이이잉.

"하아~"

저녁이 되자 낮에 불었던 따듯한 바람과 달리 살짝 서늘하게 식은 바람이 관악산 자락을 타고 옥탑방까지 불어왔다.

장씨 아저씨 내외분과 가졌던 짧은 시간.

준비해 온 선물을 건네고 잠깐 얘기를 나눈 후 옥탑방으로 올라왔다.

오늘은 선약이 있는 상태.

내일 저녁 다시 찾아와 저녁을 함께하기로 약속을 하고서야 현관문을 나설 수 있었다.

제시카와의 약속 시간이 다가오고 있었다.

그전에 잠깐이라도 옥탑방을 둘러보고 싶었다.

"요즘은 술 끊었나 보네."

옥상 어디에도 세아 누나가 즐겨 먹던 캔이 보이지 않았다.

장씨 아저씨 말에 세아 누나는 학교 수업이 끝나면 곧장 요가를 하러 센터에 간다고 했다.

교사 생활을 끝내면 자격증을 취득해 요가 센터를 내는 것을 목표로 했다는 것이다.

"번호가……."

현관문 자동키 번호는 아직 3년 전과 같다고 했다.

사실 옥탑방은 학교 기숙사로 짐을 옮길 때 1차 정리를 한 상태라 별 살림은 없었다.

돈이 아쉬운 주인집이었다면 진작 세를 줘도 줬을 옥탑방.

짧게 지내는 동안 쌓은 게 그것도 정이라고 장씨 아저씨는 3년 동안이나 방을 비워두었다.

나는 대충 옥상을 한번 훑어보고 옥탑방 현관 쪽으로 걸음을 옮겼다.

"설악산에서 처음 나왔을 때 여긴 나에게 최고의 호텔이었지……."

감개가 무량했다.

지금은 오성그룹의 대저택에 머물고 있지만 그전에는 이곳이 나에게 그런 곳이었다.

그때 나에게 지상낙원과도 같았던 옥탑방.

지금 와서 보니 전체적으로 공간도 협소하고 많이 낡아 보였다.

그만큼 시간이 지났다는 말이 될 것이다.

한국 고등학교에 입학했을 때만 해도 세상에서 유일한 나의 공간이었던 곳이다.

그때에 비해 나 역시 달라졌다는 말이 된다.

안팎으로 성장을 거듭해 온 지금의 나.

과거의 추억이 돼줄 수는 있지만 현재 나를 만족시킬 수는 없었다.

한시간대에 절대 고정돼 머물 수 없는 인간의 의지.

정당하게 노력한 만큼 그것이 가져다주는 혜택을 누릴

수 있는 권리 또한 인간만이 누리는 특권이 아닐 수 없다.

지금 내가 오성그룹에서 머물고 있다는 것은 그런 변화 중 한 가지.

다시 이곳에 돌아와 예전처럼 살 수는 없는 게 현실이다.

나는 창을 통해 방 안을 훑어보았다.

어두워 눈에 들어오는 것은 거의 없었다.

"도둑 들 일은 없겠군."

딱 봐도 도둑이 탐낼 만한 것들은 하나도 없었다.

3년 전 유행하던 컴퓨터 한 대가 다였다.

팔아봤자 엿값이나 나올까 말까 한 물건.

띠띠띠띠.

기숙사로 들어가면서 마지막에 바꿔놓은 비밀번호 0179.

나의 첫 번째 친구라는 의미를 부여한 숫자다.

당시 장씨 아저씨에게만 알렸던 현관 비밀번호.

끼릭.

옥탑방 현관문이 열렸다.

창 밖에서는 확인할 수 없었던 방 안.

그리고 보니 커튼으로 완벽하게 가려져 있었다.

"어라? 바뀌었잖아."

내가 지내던 때 걸려 있던 커튼이 아니었다.

당시 칙칙한 색깔의 무거운 느낌을 주는 커튼이었는데

확 바뀌어 있었다.

봄날에 어울리게 연두색과 분홍색 꽃들이 조화롭게 섞인 여성들이 선호할 만한 커튼이다.

변화가 있었다.

"엥?"

방 안으로 들어서자 확 코를 파고드는 향기.

"곰팡내가 아니네?"

혼자 지낼 때도 며칠 환기를 못 시키면 수컷 호르몬 냄새로 금세 쾌쾌한 냄새가 배던 옥탑방.

향기가 났다.

분명 3년 내내 비어 있었다고 들었다.

사람이 살지 않았던 만큼 곰팡이 냄새가 나를 맞아야 정상이었다.

그런데 지금 내 코끝을 맴도는 냄새는 분명 라벤다향이었다.

"와우!"

향기만이 아니었다.

불이 들어온 방은 이미 방금 전까지도 사람이 머물다 간자리처럼 깨끗하고 기운이 따듯했다.

공기도 마찬가지.

이제 막 문을 열고 들어왔음에도 환기가 잘돼 있어 공기가 깨끗했다.

게다가 책상 한쪽에 놓여 있는 아로마 세트.

촛불을 켰던 흔적도 그대로 있다.

또 방바닥에 놓여 있는 분홍색 이불 세트.

"내 거가 아닌데……."

컴퓨터가 연결돼 있는 전원 선에도 불이 들어와 있었다.

장씨 아저씨 말대로라면 이곳은 분명 내가 쓰던 때와 달라진 게 없어야 맞았다.

하지만 마치 누군가 생활하고 있는 것처럼 보이는 방 안.

잠시 방을 비운 듯한 느낌이 강했다.

"내놓지 않았다고 하셨는데……."

내가 지내던 때도 마찬가지였지만 옥상에는 장씨 아저씨 가족들 말고는 출입이 제한돼 있었다.

세입자들이 바뀌었다고 해도 그것은 달라지지 않았을 것이다.

뭔가 이상했다.

"설마, 세아 누나?"

머릿속을 스치는 세아 누나.

세아 누나가 가끔 올라올 수도 있다는 생각이 들었다.

그녀를 제외하고는 내 방에 겁없이 들락거릴 인물이 딱히 떠오르지 않았다.

"내 돈!"

나는 짱박아둔 돈이 그대로 있나 확인에 들어갔다.

천장 한쪽을 뜯어 마련해 놓은 나의 비밀 창고.

전체적으로 옥탑방을 내부 보수에 들어가지 않는 한은 발견하기 힘든 장소다.

스윽.

의자를 놓고 올라가 주방 왼쪽 위에 있는 천장 한 면을 떼어냈다.

기숙사로 들어가면서 한곳에 몰아 놓은 나의 비상금이다.

1억이 넘는 거금이었다.

"흠."

있다.

검은 비닐봉투에 돌돌 말아 넣어둔 현찰.

묵직하고 단단한 존재감을 아낌없이 전해줬다.

"통장에 넣어야겠어."

조심스럽게 손에 잡힌 묵직한 덩어리를 꺼냈다.

이제는 당당하게 나의 이름 두 자를 박은 예금 통장을 만들 수 있었다.

이 역시 소소하지만 성인이 되면서 얻게 된 권리 중 하나였다.

"뭐야, 저 노트는?"

뜯어낸 천장을 원상복귀하고 의자를 제자리에 놓았다.

그때 눈에 들어온 노트 한 권.

분홍색 이불 위에 놓여 있는 은회색 대학 노트가 눈에 들어왔다.

내 물건은 아니었다.

"……."

나는 노트를 가만히 살폈다.

"뭐지?"

그리고 살짝 한 장을 넘겼다.

"…누구 거지? 이름도 없고… 이건……."

겉장을 열고 속지를 한 장 더 넘기자 나타난 노트의 속살.

"일기장?"

노트는 일기장으로 짐작되었다.

무수히 많은 줄이 쳐진 노트 가장 위에 적힌 글귀.

─보고 싶다…….

필체는 분명 여성의 글씨체였다.

단 한 줄이었지만 몇 글자 안 되는 글귀에서 간절함 같은 것이 전해졌다.

사락.

다시 한 장을 넘겼다.

그리운 것들은 멀리 두어도 그 그리움이 사라지지 않느니…….

그렇게 시작된 잔잔한 글들.

이쪽 끝과 저쪽 끝에서
그리고 그쪽 끝과 아주 또 아주 먼 그쪽 끝에서,
바람이 사물을 스치듯, 그렇게
그냥 그렇게 그렇게 스치는 것이라 말하고 싶어도 난 그립다

생기없던 먼 산의 앙상한 가지들 사이에서 봄별이 별처럼 반짝
이는 것을 봤다
그렇게 또다시 봄이 온다
어제와 다른 풍경들이 그려질 거라 생각하지만,
내 마음의 그리움은 언제나처럼 또 같다

그리운 것들은 멀리 두어도 또다시 그리워지나니
이 목마름은 장맛비에도 가시지 않으리라

하아……

나의 그리운 이여,

이제 그 그리움의 끝을 보고 싶다

이제는 그 큰 걸음으로 나에게 오라

이 봄이 다 가기 전에

나의 날 서 가는 그리움의 가시들이 더 날카로워지기 전에.

"흐음."

그리움이라는 주제로 적은 듯한 글.

전해지는 느낌상 어떤 힘든 시절의 아픔과 그리움이 녹아나 있었다.

"누구지?"

가장 의심 가는 사람은 여전히 세아 누나였지만 확신할 수는 없었다.

타다닥.

그때 밖에서 들려오는 급한 발걸음 소리.

구둣발 소리다.

그것도 하이힐.

띠띠띠띠.

그리고 주저함없이 눌러지는 전자키.

뒤이어 거칠게 열리는 현관문.

덜컹.

문이 열리는 동시에 더 세차게 잡아채 열리는 문.

터덕.

신발도 벗지 않은 채 방으로 들어선 사람은,

긴 머리카락이 흐트러진 채 나를 바라보는 세아 누나.

"미, 민아!"

파아앗.

덥석.

한 마리 물 찬 제비가 날아들 듯 정신없이 내 품에 파고
드는 세아 누나.

"흐윽."

가만히 이불 위에 놓인 노트를 펼쳐보다 당한 급작스러
운 상황.

나의 가슴에 작은 얼굴을 묻고 펑펑 울어대기 시작했다.

'세, 세아 누나…….'

바로 전 봤던 노트 속의 글이 세아 누나의 것일지도 모른
다는 생각 때문인지 내 가슴도 뜨거웠다.

"우아아앙! 이 나쁜 놈아!!!"

쿵쿵쿵!

가슴에 안긴 채 얼굴도 들지 않고 나의 한쪽 팔을 두들

졌다.

어린아이가 잃어버렸던 누군가를 만난 듯 대성통곡을 하
는 세아 누나.

'하아……'

뭉클한 가슴과 가슴 사이를 타고 코끝에 전해지는 성숙
한 여인의 향기.

양 도사는 남자에게 있어 한 번 맡으면 영원히 잊을 수
없는 것이 여인과 함께한 순간 맡게 되는 분내음이라 했다.

그 어떤 꽃향기보다 더 지독하게 기억에 각인된다는 여
인의 분내음.

품에 안긴 세아 누나의 몸에서 한때 익숙하게 맡아졌던
향기가 코끝을 파고들었다.

나 역시 잊고 있었던 세아 누나의 향기에 취해 있었던 것
일까.

"보고 싶었어… 민아, 정말… 흑흑."

잠깐 동안 큰 소리로 통곡에 가깝게 울다가 이내 잦아들
며 흐느낌으로 바뀌었다.

낮게 들려오는 세아 누나의 목소리는 언제 들어도 촉촉
하게 감성을 자극하는 목소리였다.

듣는 사람의 마음을 차분하게 가라앉히는 기분 좋은 음색.

예린이와는 또 달랐다.

예린이의 음성은 풋풋한 소녀와 이제 막 여대생의 발랄함이 묻어나는 음성이라면 세아 누나는 처음 만날 때부터 이 느낌이었다.

세련된 도시의 차가운 여인의 속마음을 그대로 보여주는 듯한 목소리.

겉으로는 차갑고 도도하게 느껴지지만 속은 사랑을 갈구하는 뜨거운 마음을 품은 여인 같은.

내 가슴 쪽에서 묘한 열기가 스멀스멀거렸다.

이제는 나도 나를 어쩔 수 없는 성인.

이쯤에서 세아 누나가 고개를 들고 나의 눈을 마주친다면 내 이성이 무너져 내리는 것도 막을 수가 없을 것이다.

하다못해 거부할 수 없는 이끌림에 진한 입맞춤이라도 해야 식을 것 같은 열기.

스윽.

최대한 마음을 진정시키고 심호흡을 통해 심장박동수를 체크했다.

그리고 나의 품에 몇 번 안겨본 세아 누나의 등을 살살 어루만졌다.

그냥 이대로도 좋았다.

"흐윽……."

몇 번 슥슥 어루만지고 토닥거리자 점점 조용하게 잦아

드는 세아 누나의 흐느낌.

"저도 보고 싶었어요, 누나."

파르르.

내가 조용히 세아 누나의 등을 어루만지며 보고 싶었다고 말하자 순간 품에 안긴 채 몸을 떨었다.

'휴우, 양 도사 말에 내 팔자가 여난이 폭풍처럼 몰아칠 거라 장담하더니······.'

앉아서 만 리를 본다고 큰소리 빵빵 치던 양 도사.

갖은 구라를 다 치던 양 도사가 한 예언 중 하나였던 내 팔자.

세상에 나가 이름을 내놓은 순간부터 여난이 몰아칠 거라 했다.

그것도 가는 곳마다 편치 못할 것이라 저주 아닌 저주를 예언했었다.

이 순간을 온전히 마음 가는 대로 흘러갈 수 없는 이유가 다 여기 있다.

타다다다닥.

"헉헉!"

급박한 발걸음이 4층까지 순식간에 뛰어 올라갔다.

구두를 신는 바람에 운동화처럼 편하게 뛸 수는 없었지

만 상관없었다.

가느다란 발목의 주인공은 거침없이 계단을 뛰었다.

얼굴은 이미 땀범벅이 된 지 오래.

학교에서 엄마의 문자를 받자마자 미친 듯이 달려 나왔다.

미처 택시를 타야겠다는 생각도 하지 못했다.

그저 집을 향해 달렸다.

그리고 이제 그 끝이 보였다.

땀에 젖은 이미.

머리카락은 아무렇게나 날려 사방으로 흩어져 엉망이었다.

하지만 이런 것 따위에 신경 쓸 시간이 없다.

오직 하나.

그리움이라는 감정 하나로 지난 3년을 버텨왔다.

더 이상 소녀가 아닌 소녀.

소녀의 성숙해져 버린 감성을 책임져 줄 이도 없이 방치되어 온 시간.

자신을 여성스럽게 변화시켜 버린 그 나쁜 놈.

아무 생각도 할 수 없게 보고 싶다는 생각만이 뛰는 내내 움직임을 지배했다.

터억!

"허헉… 헉."

집에도 들르지 않고 4층 옥상으로 향하는 계단으로 방향을 틀었다.

휘이이이잉.

관악산 쪽에서 무심하게 저녁 바람이 불어왔다.

숨을 고르고 이제야 손수건을 꺼내 얼굴의 땀을 닦는 소녀.

아직은 젖살이 붙어 여인보다는 성숙해 보이는 소녀의 모습.

어깨까지 닿을 듯 말듯 단정하게 자른 단발머리가 바람에 날렸다.

아름답다.

간간이 서 있는 가로등 불빛에 함께 젖어드는 풍경처럼 서 있는 소녀.

170을 훌쩍 넘는 큰 키에 잘 어울리는 한국 고등학교 교복을 입었다.

봉긋하게 나온 가슴과 잘록하게 들어간 허리.

단연 돋보이는 신장은 단정한 교복 차림에도 시선을 압도할 만큼 아름다웠다.

불과 3년 전의 새침때기 세라의 모습은 보이지 않았다.

결코 짧지 않았던 3년의 시간이 흘렀다.

그 시간 동안 성숙의 고통을 맛보며 정신적으로 몇 번의 고비를 넘겼다.

또래 여자아이들 같은 느낌은 찾아보기 힘들었다.

눈빛은 깊고 잔잔했다.

우수에 젖은 소녀의 눈빛.

파르르 떨리는 눈동자에 격한 감정의 기운이 뭉클 피어났다.

아주 오랜만에 빈 방에 불이 켜져 있다.

옥탑방의 주인이 돌아왔다.

"…오빠……."

세라의 입에서 조심스럽게 새어나오는 말.

집을 떠난 지 오래인 친오빠도 이토록 간절하게 불러본 일이 없었다.

오직 한 남자에게만 허락한 호칭.

차박차박.

숨을 고르며 차분하게 옥탑방 현관으로 걸음을 옮겼다.

쿵! 쿵! 쿵!

달려온 속도만큼 심장 소리는 거세게 뛰었다.

잠잠해져도 될 만하지만 제멋대로 쿵쾅거리며 뛰었다.

스윽.

잘게 떨리는 손을 뻗어 옥탑방 현관문 손잡이를 잡았다.

"오, 오빠… 강민… 오빠."

들릴 듯 말듯 다시 입술을 비집고 새어나오는 이름.

평소라면 이 정도 부름에도 반응이 왔을 강민이었다.

하지만 아무 대답도 없다.

"……."

잠깐 머뭇거렸지만 여전히 잠잠한 옥탑방.

끼릭.

그때 안쪽에서 손잡이가 돌아갔다.

쿵! 쿵! 쿵!

미친 듯 뛰는 심장.

끼리릭.

문이 열렸다.

"어? 세라, 네가 이 시간에 웬일이야?"

그리고 방 안쪽에서 들려오는 낯익은 목소리.

"어, 언니……."

그랬다.

문을 열고 방 안쪽에서 나타난 사람은 강민이 아니라 세
아였다.

"아! 민이 보러 왔구나?"

"…어. 오, 오빠는?"

세아를 비켜 안쪽을 기웃거리는 세라.

"갔어."

"……!!!"

세아의 한마디에 온몸이 그대로 굳어버린 세라.

"급한 약속이 있어 잠시 얼굴만 보러 왔대."

"아……."

작게 터지는 신음.

주루룩.

그리고 속절없이 흐르는 눈물.

"세라야?"

세라의 반응에 놀랄 수밖에 없는 세아.

"흑……."

세라는 흐르는 눈물을 닦지도 않은 채 몸을 돌려 버렸다.

타다다닥.

뒤도 돌아보지 않고 옥상 계단을 타고 아래층으로 달려

내려가 버리는 장세라.

"휴……."

세라의 눈물바람에 덩달아 한숨이 새어나온 세아는 먼산

을 바라보았다.

세라의 반응이 왜 저런지 아주 모르지 않았다.

자신이야 나이도 먹을 만큼 먹었고 세상의 풍파도 겪을

만큼 겪었다.

그리움을 이겨내는 방법도 나름 터득해 놓은 게 있어 버틸 수 있었다.

하지만 세라는 전혀 그렇지 못한 상태에서 혼자 감당해야 했던 그리움에 무척 힘들어 했다.

아마 세라에게는 강민이 첫사랑의 감정을 제대로 심어 놓은 것이리라.

그만큼 본의 아니게 떠안게 된 상처도 컸을 테고 말이다.

아닌 척했지만 세아 눈에는 세라의 마음이 어느 정도 보였다.

처음부터 호감을 느끼고 있었고 납치 사건을 겪으면서 강민에 대한 세라의 마음이 더욱 확고해졌다.

이후 눈에 띄게 강민에게 빠져들었던 세라.

"그래도 넌 좋겠다~ 희망이라도 있으니."

세라의 지금 서운한 마음은 알겠지만 세아 입장에서는 저렇게라도 반응을 보일 수 있는 세라가 부러웠다.

이제 갓 스무 살이 된 강민.

강민이 성인이 되는 동안 세아도 스물여덟의 속일 수 없는 늙다리 처녀가 돼 있었다.

나이 차이도 문제지만 세아에게는 자신의 과거가 더 걸림돌이 되고 있었다.

강민도 알고 있는 세아의 사랑.

순수하게 누군가를 다시 사랑하기에는 첫사랑의 상처가 너무 컸다.

평범한 남자와의 사랑이었다면 차라리 나았을지도 모른다.

하지만 나중에는 지저분하게 돼버렸던 세아의 순수했던 사랑.

감추고 싶어도 감출 수 없었다.

그에 반해 세라는 이제 열아홉의 아주 예쁜 나이.

요즘 애들에 비해 감정의 소용돌이에 빠진 게 느리긴 했지만 강민을 상대로 품은 첫사랑의 감정.

한참 아프고 힘들 테지만 그 모습마저도 부러웠다.

지금 당장 세라가 할 수 있는 것은 아무것도 없었다.

하지만 무엇을 해야 하는지 알면서도 할 수 있는 게 아무것도 없는 자신에 비하면 아직 세라는 천국에 거하고 있는 것이나 마찬가지였다.

"바람 같은 녀석……."

강민을 떠올리자 입가에 씁쓸한 미소가 번졌다.

참 멋진 놈이 됐다.

다정하고 정의로운 데다 똑똑하고 못하는 게 없는 멋진 남자다.

어른들에게는 공손하고 붙임성도 좋았다.

여자라면 누구나 나란히 팔짱을 끼고 걸어보고 싶을 만큼 고요한 마음을 흔드는 비주얼이다.

예쁜 여자에게 꽂히는 남자들처럼 여자들 마음도 크게 다르지 않았다.

키 크고 잘생긴 데다 능력에 성격까지 받쳐주는 남자를 꿈꾸는 건 모든 여자의 로망.

빠지는 것 하나 없는 강민은 세아에게 바람 같은 존재였다.

아직은 어려 자신의 가치를 다 알고 있지는 못할 것이다.

하지만 이미 세아는 느껴졌다.

자신만 봐도 그렇고 세라가 흘리고 간 눈물만 봐도 빤했다.

바람 같은 강민 때문에 눈물 흘릴 여자는 차고 넘쳤다.

하지만 그도 어쩔 수 없는 일.

착하고 순한 남자보다 나쁘고 매력 넘치는 남자가 더 끌리는 건 어쩔 수 없는 사실이다.

"하아, 오늘도 맥주가 당기네."

옥상에 올라오면 꼭 맥주 한 캔은 비웠다.

듬직하고 의지가 됐던 강민을 떠나보낸 후유증은 생각보다 컸다.

맥주 한 캔으로 위안을 삼던 세아와 달리 세라는 강민이 지내던 방에 들어가 몇 시간씩 시간을 보내기 일쑤였다.

조용해서 들여다보면 청소를 할 때가 많았다.

계절이 바뀌면 커튼을 바꿔 달고 늦은 시간에는 일기를 쓰기도 했다.

나름 3년이란 시간 동안 옥탑방에서 추억을 쌓아왔던 세라.

세아는 그 시간들이 무심하게 세라를 내버려 두지 않을 것이라고 생각했다.

세라가 지금껏 쌓아온 추억은 온전히 지금의 세라를 있게 한 시간이니까 말이다.

"미국으로 간다… 나도 갈까……?"

갑작스럽게 나타나서 남긴 말이 미국으로 간다는 소리였다.

그것도 며칠 내로 출국한다고 했다.

이번 기회에 강민을 따라 미국으로 건너가 볼까 하는 생각에 머릿속이 복잡해지는 세아.

'식모살이도 괜찮을 것 같은데… 후후.'

마음 같아서는 강민을 따라가고 싶었다.

다른 건 욕심 부리지 않고 그냥 한공간에서 지내며 빨래나 밥 같은 것을 해주며 지내고 싶었다.

하지만 가능하지 않은 욕심인 건 세아도 잘 알고 있다.

"하아아아……."

깊어지는 한숨.

아마 이 밤도 누군가는 잠 못 들고 뒤척이게 될 것이다.

제9장
불여우의 유혹

"돈이 좋긴 좋아~"

호텔 정문 앞에 이르자 파킹맨들이 정중하게 인사를 하고 키를 받아갔다.

더러 국민 경차를 무시하기도 한다는 호텔 정문 파킹맨들.

그런 대우를 아직 경험하지는 못했지만 알아서 파킹을 해주는 서비스도 나쁘지 않았다.

입구부터 서비스를 받으며 입성한 고품격 호텔.

스카이라운지로 바로 가기 위해 엘리베이터를 탔다.

눈에 들어오는 모든 게 화려함의 극치를 보여주었다.

돈으로 시작해 고품격으로 마무리되는 고급 호텔.

이것저것 장식 소품들과 장중하게 흐르는 분위기 있는 음악.

귀를 즐겁게 하고 눈을 즐겁게 하는 것들에 취해 자연스럽게 호텔 바 안으로 들어갔다.

푸른색 별들과 달로 바 입구를 장식해 놓은 것이 인상적이었다.

"민, 여기예요~"

'웁스……'

우리나라에 몇 개 없는 6성급 강남 하야테 호텔.

제시카는 미성년자 딱지를 뗀 나를 대놓고 호텔 바로 불러들였다.

어엿하게 성인 자격으로 출입에 제안이 없는 나의 눈에 들어온 제시카의 모습.

눈에 그냥 확 띄었다.

바텐더 한쪽에서 손을 흔들었다.

그것도 엉덩이만 겨우 걸칠 수 있는 작은 가죽 의자에 풍만한 힙을 걸친 채 말이다.

'블랙 스완이 따로 없군.'

깊어지는 밤 시간이다.

그리고 제시카는 노골적으로 유혹을 상징하는 어둠의 빛깔로 무장한 채 나를 바라보았다.

정확하게 나를 겨냥해 큐피트의 화살을 날리고 있는 것이다.

타락한 천사 같았다.

큰 키에 적당한 체격.

그리고 몸에 쫙 달라붙는 원피스.

스커트 자락은 탄력적이고 육감적인 허벅지를 타고 말려 올라가기 일보 직전이다.

유난히 실내등의 빛이 드러난 허벅지를 더욱 도드라지게 비췄다.

나는 천천히 걸음을 옮겼다.

최대한 담담한 표정을 유지한 채 눈빛의 흔들림을 의식했다.

입술은 검붉게 반짝였다.

머리카락은 가볍게 풀어헤쳤다.

전문 헤어디자이너의 손길을 탄 듯 자연스럽게 웨이브진 붉은 금발.

낮게 켜진 푸른 조명 아래서 제시카를 더욱 매혹적이고 돋보이게 했다.

액세서리는 골드와 루비.

쇄골을 고스란히 드러낸 넓은 원피스 네크라인.

새하얀 목에 자연스럽게 늘어뜨린 굵은 금빛 체인에 중심을 잡은 크고 붉은 루비가 조명에 화려하게 빛났다.

'크아… 죽이시네.'

시선은 어쩔 수 없이 제시카의 액세서리 아래 골을 만드는 바스트에서 떨어지지 않았다.

하지만 의연하게 다가갔다.

폭력만 행사하지 않은 고문.

이건 고문이었다.

분명 누가 봐도 나는 제시카의 손가락 하나에 움직이는 영혼 없는 좀비처럼 보일 것이다.

더 가까워지는 제시카의 훤히 드러난 어깨와 풍만한 바스트.

아담하고 그 크기를 짐작하기 어려운 동양 여성들의 것과는 차원을 달리했다.

조금 전 나의 품에 안겨 작은 새처럼 눈물을 훔치던 세아 누나는 성인 여성이라고 하기에도 민망한 생각이 들었다.

보는 것만으로도 육감적 매력을 물씬 풍겼다.

조명 아래 앉아 있는 제시카의 모습은 고혹적이면서 더없이 매력적이었다.

작심하고 뭇 남성들과 시선을 맞춘다면 넘어가지 않을

남성이 없을 것 같았다.

기꺼이 제시카의 발아래 무릎을 꿇고도 남을 자태.

매순간 바텐더의 시선도 제시카를 훑었다.

그뿐인가.

사방에 흩어져 앉아 있는 남성들이 무심한 듯 제시카를
쳐다봤다.

끈적거리는 욕망의 시선들.

"조금 늦었습니다."

"아니에요~ 강남의 러시아워는 유명하잖아요."

절대 나를 성인처럼 대하는 제시카.

'저 입술 좀… 어떻게…….'

동양인들의 입술보다 도톰한 서양인의 입술.

그냥 한 번 빨면 쭉 땡겨 들어갈 것처럼 보였다.

분명 아담한 우리나라 여성이 제시카와 같은 입술을 했
다면 메기라는 별명을 얻었을 것이다.

하지만 큰 눈망울에 이목구비가 선명한 서양의 마스크에
제격인 붉고 큰 입술은 한층 제시카의 매력을 더욱 돋보이
게 했다.

전혀 어색하지도 않았고 더구나 이상해 보이지도 않았
다.

다만 자꾸 시선이 간다는 게 문제.

가까이 다가와 본 입술은 붉은 색감이 도는 루즈를 발라 반짝반짝 빛났다.

이 밤에 어울려서 다행이지, 대낮에 보았다면 쥐 잡아먹었냐고 놀림을 받았을 만한 빛깔이다.

제시카의 붉은 입술이 나의 심장을 비집고 들어오는 듯했다.

남성들의 욕망을 자극하기에 충분한 농염의 도발.

꿀꺽.

나도 모르게 마른침을 넘기고 말았다.

충분히 거리를 좁히고 다가갔음에도 눈부시게 새하얀 피부는 전혀 흠잡을 데가 없었다.

서양 여성 같지 않게 매끄럽고 깨끗했다.

스윽.

나는 제시카 옆자리에 자연스럽게 앉았다.

이미 영혼 한쪽은 여인의 향기에 취해 유체 이탈 상태.

다른 한쪽 영혼은 냉정함을 찾기 위해 열심히 육신을 컨트롤하고 있었다.

이 또한 양 도사에게서 전수받은 양의심공.

쓰임이 다르긴 했지만 그 소용은 참으로 광범위한 수련 항목이었다.

스승 앞에서는 웃되 다른 한 마음은 욕을 퍼부으며 단련

했고 드디어 이런 사석에서마저 빛을 발하고 있었다.

"무엇으로 마시겠어요?"

'뭐? 하, 이거 콜라는 안 되겠지?'

실제 바에 발을 들인 것은 내 생애 처음.

이런 곳에서는 풋내기 티를 내면 매력이 떨어지는 법.

"맥캘란 18년산 스트레이트로 부탁합니다."

틈나는 대로 제시카를 훔쳐보던 바텐더.

나의 눈치를 보고 주문을 기다리던 바텐더에게 말했다.

"맥캘란 좋아해요? 호호호, 나도 그거 좋아하는데~"

맥아 과정을 거친 보리로만 선별해 만든 싱글 몰트 위스키다.

이것저것 잡스럽게 섞어 블랜딩한 위스키와는 품격을 달리하는 순수한 위스키의 표상이다.

"어떻게 됐습니까?"

제시카와 농담 따먹기나 시간을 때우기 위해 이곳에 온 게 아니라는 것.

그것은 내 멀쩡한 영혼이 나를 다그치는 소리였다.

더욱이 노골적으로 나에게 추파를 던지고 있는 위험한 여성에게 말려들고 싶지 않은 마음이 승리하기를 바랐다.

자칫 걸려들면 쉽게 빠져나올 수 없을 것 같은 불길한 예감이 나를 휘감았다.

"좋은 조건들을 제시했어요."

'시간이 촉박했는데… 가능했군.'

국내 시간으로 오전과 오후 시간은 미국 LA에서 일과를 마무리하거나 새벽 시간대와 맞물렸다.

그 시간을 감안할 때 나에 관한 구단 승인을 받은 것이다.

"제시카, 다시 말해놓겠습니다. 내 목표는 골프입니다. 야구는 골프를 위한 과정일 뿐입니다."

나는 최대한 흔들림 없이 비즈니스 상대로서 제시카를 대했다.

냉정하게 말해 지금 이 순간도 귀중한 나의 청춘을 담보로 제시카와 거래를 하고 있을 뿐이었다.

어설픈 농담 따위로 시간을 허비하고 싶지 않았다.

이 또한 나의 육신을 버리고 이탈해 버린 영혼을 불러오기 위한 이성적 사고에서 내린 결론이다.

"그럼요. 회사 입장에서도 야구 선수보다는 골프 선수가 더 매력적이에요."

'단기 계약을 이끌어냈군.'

"길어야 이번 연도뿐입니다."

"당연하죠. 그 안에 취업 비자를 골프로 갱신하면 돼요. 어차피 민은 야구로 유명인사가 될 거니까 전혀 문제없어요."

골프 취업 비자를 바로 받기에는 내 전적이 전혀 없어 불가능한 상황.

그나마 야구는 달랐다.

구단에서 승인만 떨어지면 취업 비자는 일사천리로 진행된다고 했다.

"계약금은 얼마입니까."

"메디컬 테스트를 합격했을 경우를 가정해서 양쪽 다 장기 계약일 경우 1,000만 달러, 단기는 100만 달러를 불렀어요. 거기에 우승과 이닝 수에 대한 옵션 수당이 더해졌어요."

'100만? 이 양반들이 거저먹으려고 하네.'

보통 사람들에게는 눈이 휘둥그레질 정도로 큰 액수.

하지만 내가 생각했던 계약 조건에는 박하기 이를 데 없었다.

보통 수준의 실력을 갖춘 선수 스카우트 비용에도 보통 200에서 300만 달러가 오갔다.

그렇게 해도 제대로 메이저리그에 입성하지 못한 이들이 대다수를 차지했다.

그런데 내 실력을 두 눈으로 확인하고도 그 금액을 제시했다는 것은 구단이 박하다는 것.

살짝 떠보려는 의도가 엿보였다.

"제시카 의견은 어떻죠?"

베시시.

약간은 심각한 척 물었지만 돌아오는 것은 야릇하게 베어문 미소.

그리고 잠시 뒤,

"어차피 민이 원하는 건 화끈한 거! 아니었나요?"

'큼큼.'

화끈이라는 말에 강한 악센트를 주면 나의 눈을 정면으로 응시하는 제시카.

마치 두 눈에서 뜨거운 레이저가 쭉쭉 뻗어 나오는 듯했다.

"옵션 계약을 제시해 주십시오."

"어떤 옵션요?"

"계약금 100만 달러. 선발 투수가 되면 1승당 100만 달러를 달라고 하십시오."

"100만 달러…… . 신인에게는 말도 안 되는 옵션이에요."

"단, 그 경기는 최소 7이닝이나 완투, 2점 이내로 책임진다고 하세요. 만약 패하면 단 1달러도 안 받겠습니다."

"어머~ 정말 화끈해요."

야구에서 완투할 수 있는 능력을 소유한 투수는 드물었다.

홀로 7이닝을 책임진다면 불펜 투수들에게 휴식을 주게
되고, 그렇게 되면 다음 경기에 큰 영향을 미쳤다.

그런 이유로 완봉승을 거둔 투수가 사람들에게 기억될
수밖에 없는 것이다.

"계약 기간은 올 시즌까지입니다."

"세상에 다시없는 옵션이에요. 신인이 1승당 100만 달러
라… 호호, 제안하면 구단주들이 욕을 엄청 하겠는데요~"

지금 당장 미국에 건너가서 활약해도 정규 이닝을 다 마
칠 수 없었다.

이것저것 하다 보면 후반기부터나 투입될 것이다.

"무리수를 두는 조건이라고 생각하십니까?"

나는 제시카를 돌아보며 똑바로 응시했다.

'웁스……'

그 순간 바텐더 안쪽의 붉은 조명이 제시카의 목과 가슴
쪽을 은근하게 비치고 있었다.

천천히 나를 돌아보며 미소 짓는 금발의 미녀.

눈앞을 가득 채운 풍만한 가슴과 새하얀 피부.

풍만한 상체에 비해 눈에 띄게 가는 허리.

그리고 이어지는 탄력적인 하체.

시선은 유체이탈 권을 행사한 영혼에 의해 지배되고 있
었다.

순간 나의 눈동자가 심하게 흔들리는 게 느껴졌다.

그러나 의연하게 대처했다.

제시카와의 시선을 피하는 대신 그 모습을 눈에 쏙쏙 담았다.

최대한 동요하지 않고 아무렇지 않은 듯.

양쪽으로 갈라선 나의 영혼은 치밀하게 마음을 감추고 감탄할 정도로 제시카의 요염한 모습을 훑었다.

"전혀요~ 아마 계약을 머뭇거리는 구단이 실수하는 게 될 것 같은데요."

내 숨은 가능성을 무한 신뢰하는 제시카 로엘.

"그리고 전해주십시오. 월드시리즈에 우승하면 1,000만 달러를 옵션으로 달라고 말입니다. 반드시 우승할 거라고 전해주십시오."

"와우! 그건 무리한 약속 같아요. 호호호."

거침없는 액수와 약속에 새하얀 치아를 드러내며 활짝 웃는 제시카.

순간 월드 스타로 이름을 날리고 있는 유명 여배우와 마주한 듯한 착각이 들었다.

"한국 속담에 아쉬운 사람이 우물을 판다는 말이 있습니다. 만약 나를 데리고 간 팀이 있다면 올 하반기에는 연승이 뭔지 제대로 맛볼 거예요."

"알았어요. 그 조건 한번 제시해 볼 게요."

"제시카의 능력, 기대하죠."

"그럼요~ 저만 믿어요. 그깟 몇백만 달러에 흔들린다면 나도 민에게 실망할 거예요."

찡긋.

'헐~'

말을 마치며 왼쪽 눈을 찡긋거리는 제시카.

"멋진 파트너를 위해 우리 건배해요."

내 앞에는 스트레이트 잔에 연한 호박색 액체가 담긴 채 놓여 있었다.

지릭.

그때 제시카가 접시에 담겨 있던 레몬 한쪽을 자신의 왼쪽 손에 뿌렸다.

스스스.

그리고 소금을 레몬 뿌린 손 위에 또 뿌리는 제시카.

'데낄라…….'

순간 머릿속을 스치고 지나가는 데낄라에 관한 정보.

슈터라 불리는 데낄라 주도법이다.

스으윽.

날 유혹하기 위해 여자의 향기를 아낌없이 뿌린 제시카도 술잔을 들었다.

살짝 흔들리는 제시카의 술잔.

'이것도 비즈니슨가.'

언젠가 성인이 되면 갖게 된다는 비즈니스 술자리.

분명 나 역시 성인이 되었다는 또 하나의 증거 자리였다.

스윽.

나 역시 잔을 들었다.

살짝 출렁이는 잔 속의 액체.

"당신과 나의 찬란한 미래를 위해!"

빙긋 웃는 제시카의 눈빛, 그리고 깊은 의미가 담긴 건배사가 입술을 비집고 흘러나왔다.

"위하여!"

팅.

짧게 잔을 부딪쳤다.

사라락.

'허어어얼……'

『마스터 K』 제16권에 계속…

이제부터 전자책은

이젠북

www.ezenbook.co.kr

❀ 새로운 세계가 열린다! ❀

한백림 『천잠비룡포』　　천중화 『그레이트 원』
좌백 『천마군림』　　　송진용 『몽검마도』
현대백수 『간웅』　　　김석진 『더블』
김정률 『아나크레온』　　백연 『생사결-영정호우』
임준후 『켈베로스』　　　예가음 『신병이기』
진산 『화분, 용의 나라』　남운 『개방학사』

이름만 들어도 황홀할 정도의 별들의 향연!

이들의 "유료연재"가 시작됩니다!

검색창에 **이젠북** 을 쳐보세요! ▼ Q